岛上的最后一天

[美] 卡米尔·佩简 著

李旻 译

Life and Other Near-Death Experiences

a novel by
Camille Pagán

四川文艺出版社

01

这一切简直与《美食，祈祷，死亡》中的情节如出一辙。(《美食，祈祷，死亡》是美国文献类纪录片《1000种死法》第五季的剧集，节目于2008年开始播放，收集各种非正常死亡的案例，并进行相应模拟和介绍。)我确信自己从来不想搞砸任何事情，但结果往往事与愿违。就拿我的诊断结果来说，桑德斯医生竟无法鼓起勇气将它告诉我。

“恐怕是恶性的。”他坐在办公桌后说。

“恶性的？”我茫然地问。对我来说，这一天已经够艰难的了，即便之前护士打电话叮嘱我今天务必要来见桑德斯医生，我还是没能轻易说服老板让我提前下班。

“癌变了。”他纤薄的嘴唇紧紧抿着。

“你不会是说我得了癌症吧？”我问，试图弄清楚他所说的——确信这一定不是他想表达的意思。毕竟前不久他切除我胃里的一个高尔夫球大小的肿块时，他很确定那只是一个良性脂肪瘤，做手术只是为了防患于未然。

“嗯。恐怕是的。”他谨慎地看了看手上的报告，就好像他从来不是靠给人带来坏消息为生似的。

“我不明白。”我说。

“伊丽莎白。”他说着，上前拉起我的手。我意识到他侵犯了我的私人空间，猛地抽回了手，我对这样的“突然亲近”还无法做到轻易释怀，更不用说刚才他无意间的身体语言或多或少地告诉了我，我已是将死之人。“你得的是皮下脂膜炎性 T 细胞淋巴癌，这种癌症极其罕见，可一旦出现，病患通常是像你一样三十来岁的人。我担心它有迅速恶化的趋势，你必须……”

我再也无法专心听下去，脑中正经历着库伯勒·罗斯“悲痛五阶段”中的一连串反应：“否定”——没有人会叫我伊丽莎白，我的名字是丽比（丽比是伊丽莎白的昵称）。很显然，桑德斯医生说的是另外一个人。“愤怒”——他说他很肯定那个脂肪瘤根本没什么危险！现在可好，他该多感激这些年花那么多钱购买的医疗事故保险。“讨价还价”——如果我为给罹患癌症的孤儿募集捐款去跑马拉松，那么，我不仅会活下来，还将变得无比成功，就连奥普拉本人也会去推崇我的回忆录。我要开展一项提高公众意识的运动，通过呼吁赛跑和佩戴青绿色橡胶手环，寻求癌症疗法，这青绿色将成为全国关注这一癌症的流行色……我得的癌症叫什么鬼名字来着？“绝望”——我不会为寻求疗法而赛跑，因为我平时不跑步，甚至从不锻炼，这或许就是我的身体布满过度繁殖的病菌孢子的原因吧，还不到四十岁就开始痛苦无比。“接受”——不幸的是，“接受”本质上等同于“绝望”。我快要死了。就像当年我母亲一样。

桑德斯医生依然在喋喋不休，他显然注意到我正在盯着他发呆。“那么，说说化疗吧，我建议你——”

“不。”我说。

“你这是什么意思？不？伊丽莎白，你最理想的存活手段就是尽快尽全力消灭癌细胞。我猜你见过最糟糕的化疗副作用，但对于淋巴癌来说，治疗是可控的。而且，恕我冒昧，忍受治疗所带来的痛苦要比……好吧，要比未接受治疗好。”

“我不要治疗，”我说，“我不想做化疗，也不想做放疗或者别的什么。不做治疗能活多久？”

“抱歉，你说什么？”

“你应该感到抱歉。刚刚给我判了死刑。现在告诉我，不治疗能活多久？”

他一脸迷惑：“我得给你做个CT，看看癌细胞是否扩散到其他区域，不过就细胞活跃程度来说……呃，预计六个月至……嗯……很难说。当然还是有一些成功案例的，活得比预计期限长很多……”

“好吧，”我说着，从椅背上取下我的包准备离开，“保持联系。”

“伊丽莎白！我真的很想请你见一见治疗顾问——”

还没等他说完我就离开了。我的舌头上有一种冰冷的硬币的味道，就好像我已经同意化疗，有毒的液体已经开始注入我的血液。什么肿瘤医师、护士、放疗师、临终关怀师——这些癌症伙伴我都再熟悉不过，而且一点都不感兴趣，一点也不。

我的孪生哥哥，保罗，曾经对我说世上有两种生活态度，一种是健康地回避，另一种是“丽比之地”。他的理论是，为了正常生活，大多数人必须选择回避现实，或至少较大程度地回避现实。否则诸如非法雇用童工、战争、食物中的大量农药残留以及每天都离死亡更近等等可怕的现实会影响人类正常生活。

“但是对你来说，丽比，”保罗说，“整个世界都是小猫咪、彩虹和完美结局。这非常可爱，或许有助于良好睡眠。但我有时很替你担心。”

如果这话是别人说的，我一定觉得很受侮辱。保罗比任何人都了解我——比我丈夫汤姆，或许甚至比我自己都更了解我。我也比其他人更了解他，包括他并不引以为傲的小题大做癖好，即便这癖好可能让他成为非常优秀的，有着让人不安的预测市场崩溃和其他灾难的能力的一类人。这让我们俩珠联璧合。

成天沉浸在完美生活中的我却突然得了癌症对他来说该是多么糟糕的一件事。在通往幸福的路上，我转错了路口，转进了死胡同。

当我快步走出桑德斯医生的办公室到达电梯口时，满脑子想的都是葬礼，就和那些得知自己将不久于人世的人一样。我平生只参加过一次葬礼，后来发誓再也不参加葬礼。

那是我母亲的葬礼。

那年保罗和我十岁，我们不敢在人前拉着彼此的手，只得一起挤在殡仪馆的角落里，他紧紧抓着我的裙子，我拽住他西服的一角。我们看着父亲跟这个人打招呼，跟那个人叙旧。偶尔有人凑到我们跟前拍拍我们以示吊唁，然后很快地离开。所有人都做了应该做的，感到宽慰不少。房间里的药水味令人窒息。很长时间过去了，又过了很久很久。终于有人把我们俩推到殡仪馆大厅的前方，母亲就躺在那里。

殡仪馆装点得有点像小教堂，我们被安排坐在前排我们父亲旁边，离棺材特别近。我清楚地记得当时我双脚麻木，双手和脸颊感到刺痛，而我的耳朵热辣辣的，好像因为知道坐在我们身后的人们都试图不看我们，但忍不住还是要看。

牧师在讲台就位，开始祈祷，祈求上帝欢迎“菲利普的妻子和保罗、伊丽莎白的母亲”去到她天堂的家。而我却向上帝祈求成全我跟母亲一起去天堂。我手上、脸上的刺痛说明我一定生了重病，祈求上帝带我去母亲那里，带我去见罹患癌症前的母亲，那个面带微笑没有病痛的她，伸手握住我的手——我只想去有她在的地方。

父亲做了发言。其他几个人也发了言。我记不清他们是谁，都说了什么。后来殡仪馆大厅冷清下来，这时保罗扯我的裙子，使劲扯，告诉我是时候了。

棺材只开了一半，好像母亲那一半被遮住的身体因为最终害死了她而见不得人。我告诉自己，假如不去看母亲，那这一切就都不是真的，是别人在经受这糟糕的事。

但是我必须看看她，因为这是我能在这世上看到她的脸庞的最后一次机会。

即便她已死去，皮肤上涂着厚重的水粉，两腮胭脂过于艳红，前几日在临终关怀院里面颊水肿涨大，现在已然凹陷，她仍然是那个在我需要安慰时替我擦干眼泪的女人，是那个为我把三明治切成我所喜欢的小方块的女人，是那个告诉我她会永远爱我，甚至比永远还远的女人。

她看起来很好。当我伸手再一次轻轻触摸她，我知道生命中接下来会发生的一切都比不上这次诀别让人难以忍受。

我希望父亲因我触摸母亲而斥责我，可是那是当天第一次，他没有抑制住情绪，抱住双膝哭泣起来，明显是为了孩子们而哭。

保罗在我旁边痛哭起来。他还紧紧握着我的手，紧得好像在灼烧。我没有让他停下来。我们开始意识到我们是没妈的孩子，在这个世界上，我们是彼此的唯一。

父亲载着保罗和我穿过整个州去埋葬母亲时，我决定这辈子再也不参加葬礼了。这几乎成了我的誓言：远房亲戚、朋友的父母或同事去世，我就寄去很大的花圈，搪塞缺席的原因。

待桑德斯医生办公室外的电梯门打开，这个下降的铁盒子把我送到楼下大厅时，我意识到自己无法再坚守这个已经坚守了二十四年的誓言。

我终将参加葬礼。而这次的葬礼是我自己的。

02

接着，发生了下面的事：

“汤姆？汤姆？”我使劲哭喊着，因为隐形眼镜掉了，我实在看不清在厨房餐桌那里转来转去的一团人影是不是我丈夫。

从桑德斯医生那里出来时，眼泪已然汹涌不绝。我能走出迷宫一样的医院大楼，穿过湖滨大道，在密歇根大街上叫计程车而没被公交车轧扁，简直是个奇迹。在将近五点的星期一晚上，我只用了半小时就到达我们在巴克城的高级公寓。一路上我越发心烦意乱。我想象着自己的人生——从全局来看——故事并不应该这样结局。我要学西班牙语，辞掉工作，出去看世界，或许领养一两个孩子（我好像无法怀孕，妇产科医生给我列过一些原因）。我们壁炉上陈放的骨灰缸里的骨灰至少应该是七十岁逝者的骨灰，而不是三十四岁。那壁炉也会变成仅属于汤姆的壁炉。

“因为婚姻问题难过？”司机一面问我，一面递给我一张纸巾。这让我哭得更伤心，因为我亲爱的汤姆很快就会知道自己要成为鳏夫了。汤姆那么爱我，那么勇敢。他不会让我看到他哭泣，但我能想象到夜里我醒来时，他坐在电脑前默默哭泣（他有失眠症，经常夜里两三点还醒着）。我想最为我难过的不是父亲和保罗，而是汤姆，因为父亲和保罗已经经历过我母亲的去世，有一定的承受能力。直到现在，母亲的去世仍然清晰可感，好像刚刚失去一只臂膀。即便已经过去这么多年，我们三个人还是无法完全平衡或忽略这种痛楚。

“丽比？你还好吗？”汤姆冲向我，扶着我的双肩。谢天谢地，他的确在家。汤姆受雇于一家小型建筑设计城市规划公司，不需要严守“朝九晚五”的规定上下班。所以他通常在下午三四点就下班，在城里到处逛逛，然后晚上在家完成工作。

“汤姆！”我等待着，“这怎么可能发生呢？”

“丽比……”他小心翼翼地说，然后放开了我。这让我放松警惕，他不是应该撩抚我的头发，安慰我吗？

“你知道，不是吗？”

“我当然知道！”我的头嗡嗡晕眩着。我知道，但是汤姆怎么知道的？不是有法律规定，若未得到病人许可，医生不许泄露病人的病史吗？而且我上次手术前确实把他的名字写在了保密名单里。也许桑德斯医生觉得我疯了似的逃出他的办公室很不安全，于是联系汤姆要他注意我的动向？

“噢，天哪，”他说，“我不想这样让你发现。奥莱利说漏嘴了？”他问。奥莱利是他最好的朋友。

奥莱利怎么会知道我得了癌症？我开始陷入疑惑。我用夹克的袖子擦干眼泪，然后在厨房餐桌下面的抽屉里摸索我放的一副备用眼镜。被放在那里的剪刀扎伤后，我才找到眼镜。一只镜腿掉了，所以眼镜在我鼻子上歪斜着，度数也不合适了，不过足够让我看清汤姆那有一点受惊的表情。我的心脏跳动得厉害：原来他也没有我预先想象的那么勇敢。“要坚强，丽比，”我为自己鼓气，“汤姆需要你。”

“只是我最近在看一位新的心理师……”他说。

是吗？不错。我没想到汤姆会去看心理师，不过这至少可以帮助他对我的垂死状态释怀。

“丽比，你听到了吗？”他目不转睛地盯着我问。

我眨了眨眼：“什么？没有。你说什么？”

“我觉得我也许是……同性恋。”

瞬间一个咒符降临，令我头晕目眩，我感到脊椎猛撞到冰冷的石台。“噢，我的天！”我说着，将臂膀伸向汤姆。

“丽比，”他说，把我拉向他，“我非常非常抱歉。你还好吗？”

“我——我还好。”我说，因为通常别人问我这个问题时，我都会如此回答。

汤姆低头看我时，他眼眶湿润，噙满泪水。

“谢谢你，”他说，声音在颤抖，“谢谢你那么说。你很久以前就知道了，是吗？至少内心深处是这么觉得。”

直到那一刻，他说的每一个字都还在打击着我，而对于这些信息，我却无法消化一丁点。现在，我瞬间全部理解了。他疯了吗？我知道全球变暖会导致北极熊死亡，中国人口已经飙升过十亿，“rhythms”是英语里没有原音字母的单词中最长的一个。但我却不知道，我青梅竹马的恋人，这个我爱了二十年的男人（二十年！），竟然喜欢男人。

“不，不，不。”我说，我使劲把头缩回来，脖子都快缩没了，就像我在我老板杰姬又交给我一个离谱的差事时的反应（比如，她会说：“丽比，用你那并不存在的午餐时间去给我买条奶油色、棕色圆点的羊驼围巾，请别做那个缩脖子的动作好吗？看起来像只乌龟。”）。

“我并不是说我们的婚姻无法继续了，”汤姆紧紧地抱着我说，“我那么爱你，你是知道的。只是——我在努力了解真实的自己。这个问题我纠结了好多年，而且我……丽比，你要干什么？”

我不确定自己能否回答他的问题，但我从他怀里挣脱，在另一个抽屉里摸索着。这个抽屉里放着家里的银器，它们还像八年前我们为注册结婚而购买时一样光亮崭新。我抽出一把叉子，仔细地欣赏着。它在厨房大吊灯的光线下闪烁着——请允许我，称它为灯饰艺术——即便我俩仍然在为他的研究生学费还贷，当时他购买此灯的花费也是不菲。

“只是——”我说，然后把叉子扎向他的手，当时他的手搭在大理石餐台上。

“啊！你这是干吗？”他叫道。叉子掉到地上，因而我知道它扎得不深。汤姆却来回地跳着，手在空中扇来扇去，像被烫着了，或者，被刺伤了一样。“我把整颗心都倾吐给你，可是你却像叉肉块一样伤我？你出什么问题了，丽比？”

“我出什么问题了？”我瞪着他，两眼发直，感觉有点野蛮，“我出什么问题了？！”

我的问题在极短时间内成了长串列表。以前，我的问题主要是无可救药的鬈发，臀部过于丰满，裤子总是不合身，还有就是意识到虽然我还算擅长我的工作，但自从小布什上台，我就没真正喜欢过它。现在我的主要问题是，我将死于癌症，我想谋杀我丈夫，因为他喜欢那些与我的基因组成非常不同的人。

“你总是这样。”我告诉他。

他紧握着手，往后退了一步：“什么意思？”

我感觉自己的疯狂劲儿又来了：“总是抢我风头！”

我还没有完全失去理智，至少明白他占了我吐露真情的先机并不应该成为我火上浇油肆意发作的导火线。但我似乎管不了那么多。就好像杰姬风格的喋喋不休式爆发附到我身上了。“每次都是，汤姆！”我尖叫着，他惊恐地盯着我，“每一次！”

高中时，汤姆在音乐剧《俄克拉荷马》中生动扮演克里的角色，备受好评，而我却被评价为未能很好领会劳瑞的角色，在与汤姆合唱时没能把表演带入完美终结。

婚礼上，他的私人定制礼服比我的婚纱要好看得多，这也是宾客们唯一能够谈论的话题。若有人能把我癌症确诊报告的恫吓偷走，那个人一定是汤姆。

现在，我知道，我知道：音乐剧？定制礼服？没错，丽比，你一定已经意识到丈夫并没有那么“直”？但保罗早就出柜，而且从一开始就感到自豪。我能分辨同性恋和异性恋。至少我认为自己能。

“我快死了，”我说，“我就要死了！”

“丽比，别那么夸张，”他说，“我知道你很难过，我也是。但如果你一直朝我叫喊，我们是无法继续下去的。”

“汤姆，”我看着最近刚磨锋利的牛排刀，它们吸挂在水槽正上方的磁铁架上，“别想太多，但在我做出任何令咱俩都后悔的傻事之前，你最好离开。”

他往后退：“丽比，你一点也不同情我吗？你知道那对我有多难吗？

我已经努力了好几个月。”

多美好。甚至在我皮下的肿瘤刚从豌豆大小变为橄榄大小再到酸柠檬大小时，汤姆就已经开始不断完善“我要破坏我们的婚姻”的一席发言。我若怀了孩子，孩子也会从豌豆大小慢慢变大，和肿瘤的变化过程惊人地相似。

“汤姆，汤姆，汤姆，”我一边说，一边指着刀架顶部，上面满是灰尘，我决定过会儿去擦干净，“三分钟前你失去了寻求同情的权利。现在赶紧从我们家消失，不然我还要扎你。”

03

假如汤姆没告诉我实情，我还会陷入同样的困境吗？很难说……他早晚会出柜，不过我猜如果我有机会在他坦白之前告诉他我得癌症的消息，他很可能会一直隐瞒直到我死，那该有多方便。我都能想象他跟别人解释的画面——“我是那么深爱我的妻子，可是她过早地离开了。我再也无法对别的女人产生好感……再也不，所以我开始和男人约会。”

但还没等我说出口，汤姆就忍不住了，这晴天霹雳让我难受得无法呼吸，更不用说还要告诉他我腹中有颗定时炸弹。

我不太确定汤姆离开后到底发生了什么，只记得自己趴在公寓门前的地板上，脸颊贴着冰冷的木地板，希望自己就此消失，永远消失。汤姆承认自己是同性恋实在给了我太大的打击，好像超声波音爆带来层层强烈的冲击波——我的丈夫是同性恋？“我在努力了解真实的自己。”即便他似乎对男人有点兴趣，但他那么爱我，所以没有关系……不是吗？

“我并不是说我们的婚姻无法继续了。”或许我可以假装没听到他的话。“你很久以前就知道了，是吗？”也许我们可以假装什么也没有发生，然后照常过日子，直到我死去。“你出什么问题了，丽比？”

无论如何，我都决定不叫保罗过来。我告诉自己，他可能正在去耶鲁俱乐部或茶点店的路上，或者忙着款待他的某个对冲基金的投资者。（而且，我喜欢玩这个游戏，等着看他能否通过双胞胎的心灵感应察觉到我的悲伤。当然，我其实对所谓的心灵感应持怀疑态度。）等我终于能从地上起来，就从药箱里找到汤姆的安眠药，吃了一粒之后，我决定再来一粒，接着啜泣着疯狂地吃掉了一整袋巧克力曲奇，然后眼前越来越模糊……

醒来时，我的枕边流了一大摊口水，手机铃声嗡嗡作响，我终于在沙发坐垫间找到它。

“早上好，保罗。”我有气无力地咕哝着。天还黑着，但保罗是那种所需的睡眠时间不超过六个小时的疯子。自从开始服用安非他命对抗疲劳，他的睡眠时间只要四到五个小时。

“怎么了？”他问，好像是我打电话给他似的。（或许真有双胞胎心灵感应现象存在，但别指望我公开承认。）

我思考着要不要问他是否想听坏消息。但是即便安眠药还在影响着我，我仍然意识到自己现在还无法告诉他，还不行。我能听到他的双胞胎儿子托比和麦克斯玩耍的声音，保罗的声音听起来很爽朗。而这消磨生命的肿瘤会把我们与父亲的三人现代小家减为两人——这样的消息我需要当面告诉他。

“汤姆是同性恋。”我说。

保罗突然呵斥道：“查理，起床！”查理是保罗的伴侣，他不习惯早起，想必此刻躺在保罗旁边睡意正浓，“你得听听这个！”

“这是你的第一反应？”我说着，酸咸的眼泪刺痛了我的眼睑。

“丽比，对不起，我不是那个意思。我很惊讶。他怎么能对你做出这种事？你还好吗？”

“不好，我承认。我现在的处境相当糟糕。”

“噢，丽比，”他轻柔地说，“我也讨厌芝加哥。要不你搬到东海岸，比如曼哈顿共和国？你会开心很多。”

“保罗。”

“布鲁克林？”

“保罗！”

“我很抱歉，丽比。我开玩笑是因为心里真不好受。你知道我多么理解你的感受。所以就这么发生了？他怎么说的？你怎么说的？”

“是的，发生了。”我痛苦地说，“我差点用叉子扎伤了他。”

“你疯啦，我就喜欢你这样！虽然……”

“虽然什么？”我急切地问道。

保罗犹豫了片刻：“汤姆还好吗？这对他的打击肯定也很大。”

“汤姆？”我说，“混账汤姆还好吗？”（我记得母亲不喜欢我们骂人，所以我尽可能减少使用脏话，以此尊敬记忆中的母亲。）

“丽宝，你懂我的感受。”

“别叫我丽宝。”当晚汤姆以为我已经知道，想都不想就脱口而出他是 gay，真让我难受。于是我回答道，“汤姆还好。”

“很抱歉。”保罗用一种我们得重新审视这个话题的口吻说，“现在你打算做什么？”

这是个很好的问题。我把眼镜往鼻梁上推了推才看清时钟的指针。还有一个小时就得赶到办公室。当然，我可以请假待在家，但那样就得在这个撕碎我心的男人与我一同生活过的家中整日哭泣。而我刚得知自己已经病入膏肓，实在没有比这更糟糕的了。要是我丈夫无意的坦白将我置于死地，那我真是可悲至极。

“我去洗个澡，然后穿衣服去上班。”

“不是吧？叫杰姬给你放假。老公出柜这么大的事，哪里是用一个星期就能调整好心情的？一个月都不够。”

我捋了捋工作日程，其实就是杰姬的日程。她是某全国性大型传媒公司广告部主管。公司业务涉及全美广播、电视和印刷出版。上午八点四十五分她要和一个出版商吃早餐；十点、十点半和十一点要和销售主管们进行电话会议，我得协调跟进；然后在里兹酒店和执行总裁一起吃午餐，时间比平时稍早一点。这时候我有一小时休息时间，虽然我得去取她今晚参加乔弗里活动要穿的长礼服，但我也可以差遣别人骑车去取，就是那人得够聪明，不然把长裙绞到车轮里可就惨了。

我得癌症了，再一次意识到这个问题，又好像头一回意识到。手指触摸着肚脐左侧绷带和纱布覆盖的地方，我感到胃部一阵阵绞痛。如果说肿瘤已经切掉，可是我仍有癌症，那是不是意味着肚子里还有很多恶性细胞？难道它们已经迅速蔓延到身体的其他地方了？就像一个个微型研究员那样努力分析哪里适合开发培植肿瘤。

其实肿瘤长在哪里并不重要。唯一重要的是我下一秒就可能死掉。如果我告诉保罗，他肯定会说我们活着的每一秒都在走向死亡。不过，正如我说过，我还没有准备好把癌症的噩耗丢给他，为了他保持心理健康，当然还有我自己的。我需要几天时间重新整理一下已然变成荒漠的心灵空间，然后才可以告诉别人。

若是能告诉汤姆多好，想到这儿，热辣的眼泪唰地涌出眼眶。他和保罗不一样，不会立马提出我还没准备好去接受的应对策略和建议。他会握着我的手，直到我停止哭泣，他会问我接下来想做什么——只有当他问我时——这一问似乎总能为我指明方向。而现在，我的生活里已经没有汤姆了。

不管怎样，保罗是对的：我应该休息一段时间。但我要独自处理。

保罗没有意识到，我的痛苦很大程度上源于比我破裂的婚姻更加严重的事，他还在想着汤姆——“其实我一直对汤姆存有疑虑，如果这对你有帮助的话。”

“你怀疑过汤姆？”我脱口而出，“为什么不告诉我？”

“丽比，亲爱的，如果我怀疑他是gay，我肯定第一个告诉你。相信我，我和你一样震惊得很。只是我以为你的反应会理智得多。”

这至少不是什么新闻了。我和汤姆婚礼前一周，保罗求我取消婚礼。“你还那么年轻，丽比。和别的男人也约会约会，看看自己是不是真的想和汤姆就此定终身。”

“我不是要安定下来，”我告诉他，“这个问题我已经想了十年了，保罗，我明白像我和汤姆之间的这种爱，我一生不会遇见第二次。”

“丽比，这就好比你以为海滋客海鲜餐厅的鱼是全天下最好的海鲜，可是你从未尝过缅因州的大龙虾。”

“龙虾是甲壳纲的（不是鱼），你是在嫉妒我。”我说，其实我知道后面半句评论一点也不准。婚礼当晚保罗实际上像是我的伴娘，他在我身边再次问我是否确定——是否真的，完全确定汤姆是对的人选。

那时我是确定的。现在，我不确定了。曾经对于汤姆从不扭头看那些擦身而过穿着紧身瑜伽裤的女人我总是很自豪。但很显然，我找错了警告牌。我为自己找了个完美丈夫而暗自庆幸的时候，到底忽略了什么线索？

“哎，我不想让自己变得更好，”我吸吸鼻子对保罗说，“而且我以为自己床上功夫挺棒的。”

“虽然我想先干呕一下再承认这点，不过我相信你床上功夫一定很好。你确定你明白汤姆出柜和你一点关系都没有吧，啊？告诉我你明白。”

我自己提起这茬了，好吧，但现在开始正式进入这个谈话，我似乎还没准备好。“我明白。晚点打给你，好吗？”

“好的，爱你。”

“我爱你多一些。”

“不，我爱你多一些。”他说完就挂电话了，我还没来得及回答。

“丽丽丽丽比——！”杰姬总是以这种独特的方式叫唱我的名字。即便已经为她工作七年之久，还是听得我头皮发麻。她不停地叫着，哪怕我还没踏进她办公室。“你知道吗，我早上六点半就到公司了，我以为你会早点来，以弥补昨天的早退，更别说你上周还请过一天假。这个城市里到处是晚上、周末加班的医生，你知道的，为什么非要早退去看医生？你没见过我因为个人问题半途离开吧，啊？”

实际上，两天前，她为了做美甲四点就走了。而且我很确定她昨天中午的所谓会议其实是和她的阿根廷小白脸短暂碰面。我可没打算把这些都列出来。

相反，我打开她的办公室门，说道：“早上好，杰姬！”是的，以这样悦耳欢快的声音应对她那龙卷风式的咆哮确实比较奇怪。不过，在那么短的时间内经受了那的剧变，对我来说，要做出这样的反应倒也不难——反而让我舒心，甚至是——如此迅速地回到我的高薪马屁精角色。

现在，丽比，有人会问，你为什么愿意为这么糟糕的老板打工呢？你就没有一点自尊吗？我当然有，但作为一个见证了父亲因母亲的医疗费几近破产的人，我对至高无上的金钱也相当尊敬。在保罗的悉心调教下，我先后四次提出辞职，但每次，人力资源部都会以更优厚的薪资和更诱人的头衔留住我。这是因为，虽然杰姬人品不行，却有能力吸引广告商，可惜的是，她很不善于协调员工执行广告合约，以至于公司认为值得专门为她聘用助理（助理头衔写着“媒体管理副总裁”），支付年薪十二万美元的助理费。杰姬好像认为我的工作所得都是她的私人恩惠：“你的薪资和同级别男性员工的一样多，你知道吗，丽比？我为了你快把房顶掀了。”她会用老烟枪的嗓音说，然后手机就朝墙上扔过去了，而且就离我脑袋不远。于是我整个下午都在为她换手机，重新装程序和数据。我常常提醒自己，为杰姬工作是无可避免的恶心经历，有点像结肠镜检查，或者机场安检人员友好地抚摸你全身。

“你知道我可以雇个巴基斯坦的助理，每小时只要八美元工资吗？”杰姬在她神圣的宝座后问道。

“但是那样的助理能给你带来这个吗？”我一边问道，一边从背后掏出一个素食麦麸松饼。出于惯性，我还是像往常一样在熟食店停下，买上杰姬常吃的松饼和我的一个糖霜肉桂大面包。据说甜食会助长癌细胞，不过现在担心也晚了。

“嗯——”杰姬说着放下手中的报纸，接过松饼，不管一会儿是否有早餐会议。她的弱点是对免费的东西和碳水化合物食品没有抵抗力。接着，她一边把松饼屑塞进嘴里，一边口授我今天要做哪些事，即便我已经有安排好的日程：给这个人或那个人打电话，为她母亲订鲜花，和这个女人解决纠纷，把这些合同发给那个公司，等等。“杰姬，”我伺机打断她，“请问可以给我一分钟记下最后几条吗？”我感觉注意力不太集中，有点头晕，很难跟上她。

“不！”她打断道。忽略我的怒视，她继续喋喋不休地发号施令，直到我的便笺夹记满任务为止，这些事情够一个远程助理做一个月的了。

她讲完后，把满是松饼屑的包装纸递给我，虽然她桌子下面就有垃圾桶。我眯眼看了看包装纸，叹了口气，从她指缝中取过来，走去扔进了我工作格间旁边的垃圾桶。我回来后，坐在她桌前的有机玻璃椅边上。

她皱了皱眉头，显然表示我的出现让她不悦。通常，我会等她的不悦消解，就像水从水獭身上滑过消散而去。不过，时间一分一秒地过去，现在我似乎无法忽视疾病和丈夫出柜带来的剧变了。事实上，我感到非常恼火。“杰姬，”我说，怒视着她，“我目前在经历一些事情，想请一两周假。今明两天已经有日程，可以先做完这两天的工作。”

“你的私事不是我的问题，丽比。你知道我们都在全力筹备一月份的销售大会。而且你要是想去热带度假，至少需要提前一个月告知我。这周我们就有六七个广告合同要做。你不会真觉得马克一个人能全做下来吧？”她说。马克是公司的高级客户经理，据我所知，他的能力相当出色。

“杰姬，我不去热带度假。我得处理些私事。如果可以，我想请假。”我望向窗外，远处是密歇根湖。现在是深秋时节，湖面波浪很高，浪头发白。过不了多久它们就会结成冰晶，镶嵌在湖边。恐怕我都不一定能活到看它们结冰。

“不行，丽比，”杰姬打断道，“现在回去工作。”

我仍站着，这时候开始联想癌细胞是不是已经蔓延到大脑，因为我的思绪有些不对。而我的情绪却开始像保罗的小家伙们发火的时候一样：丽比生气！丽比不高兴！丽比不喜欢！

难道我剩下的几个月时间真的要继续为别人接电话，协调甚至都没有邀请我参加的慈善活动？就好像扮演灰姑娘受苦，直到仙女教母出现？

“你继续。”杰姬挥着手就好像要赶走她家院子里的流浪狗。

“噢，我要走了。”

她的注意力已经回到电脑屏幕，说话的时候也没有停止打字。“你每说一个字的工夫都可以用来多工作一秒钟。”

“而你说的每个字、每一秒都在浪费我的生命！”我顶回去。

这时疯狂的打字声突然停住。她从转椅上转过来，充满血丝的双眼瞪着我：“你哪根筋不对了，胖挤奶工？”

如果是在侮辱我的体形，那她真该留意了。好吧，那就让她紧张一下。她和汤姆应该一起坐在我的葬礼上，然后假装和我分享了特别的人生旅程。

“恶意中伤我，是因为你正处于更年期吧？”我对她微笑道，“顺便说下，我不干了。”

“得了吧，”她嘲笑道，“现在经济不景气，这次人力那边不会给你加薪的。”

“我不要钱。我只要你对我足够尊重，就像你期待别人尊重你那样。不过我没时间等着看结果如何了。”

然后我就往外走，她瞪着我喊道：“丽丽丽比——！丽比？”

走出杰姬的办公室，我在自己桌前短暂停留了一下。电脑显示器旁摆着汤姆跟我的合影，隔间板上的小贴士写着我是六月最佳员工。抽屉里有些卫生棉条、零钱和我从没用过的名片。没有任何值得带走的东西。

“好有趣！”我回头喊了一声，流着眼泪望向走廊尽头的“出口”指示牌，感觉有一点点兴奋，仅有一点点。因为尽管我在释放内心全部的愤怒，为此而感到欣喜，可是我还在想，在这个释放的过程中，也许——只是也许——我正在一点点扼杀自己的美好。

04

我在密歇根湖上时，保罗给我发来了短信。

保罗：丽比，你怎么样？我觉得你还有事没告诉我，快点告诉我，拜托！我现在就来找你，把你带到纽约来。

我：保罗，拜托！我没事。就是刚刚没了工作，只能自己摸索了。

保罗：姑娘你好有种！你终于叫那个老皮囊跳河啦，是不？

我：没错。

保罗：很好。我都担心你死在那个恶心的办公室。回聊。亲亲！

我关掉手机，叹了口气。要是他知道……

回到家时，汤姆在炉灶边，空气中充满了新烘焙的布朗尼的香甜。

有那么一瞬间，我看见他在那里而感到好激动，并不只是因为他做了我最喜欢的甜点——我可以告诉他我今天是怎么和杰姬翻脸的，那个愚蠢的独裁者！可是我很快看到了他手上缠的绷带，之前发生的一切又都浮现眼前。

“汤姆，我不想你在这里。还有，”我指向他的手，“是有点过分，你不觉得吗？”

“丽比，我爱你！”他说。

我抬头仔细打量着他，思忖着该怎么把我的坏情绪扔给他，仿佛那是一个实体，可以在我们俩之间来回传递。接着我好像神经错乱了，竟然对着他微笑:“汤姆，真美好，我相信你认为你真的爱我。但事实上，你爱的是男性生殖器。你要是真的爱我，为什么不早几年告诉我？十年前，七年前，甚至五年前。那时候我还年轻，有的是机会遇见其他人。现在呢？我都要三十五岁了，汤姆。我的人生已经定型，我有灰头发，身材也胖得走样了。”还有癌症。我心里想着，却选择不提这事，因为我实在太受伤，不想和他分享我身体的任何部分，甚至是有癌细胞的那一小部分。

“这不公平，丽比，”他说，“我们从小被灌输的观念是同性恋是一种罪恶。但我认为同性恋是一种选择。而且我确实被你吸引。”

我嘴角抽搐了下：“已经是过去了。”

“我不是那个意思。”他快速应道。

一阵恶心涌上来。不，他或许不是那个意思。实际上，也许在和我做爱时，他无时无刻不在幻想一个比我更阳刚的伴侣。“那你已经——？”

“没有，”他肯定地说，“我知道你在想什么，但事实并不是那样。”

我无法做出回应。我把他一人留在厨房，然后自己到卧室去了。真是有趣，这是我们整座公寓中唯一没有完成装修的房间：墙壁还和我们搬来时一样白，被子还是我上学时候的，虽然对我们的大双人床来说太小了。墙上汤姆钉了一张我们结婚当天在教堂前的二人合照。旁边是一张我们俩在初中毕业舞会时的合影，我们就是在那年年初开始约会的。梳妆台上有一张我的照片，双颊绯红，穿着比基尼，那是汤姆抓拍的，我们当时在墨西哥的阿尔普尔科度蜜月。婚礼结束，我松了一口气，我们可以开始丈夫和妻子的生活。我嫁给了挚友。我们的公寓很高级，我们的人缘很好。汤姆的事业蒸蒸日上，正在成为一名他梦想的城市规划师，不久后我们就会迎来我们的宝宝，至少我是这么想的。

我从来没有像那段时间一样充满希望。

墨西哥。

想到这里好像突然有一股电流经过我的身体。突然，我意识到需要赶紧行动——赶紧！我到走廊壁橱找到行李箱，然后回到卧室。

“丽比？”汤姆在餐厅喊我。

“我有事，汤姆！”我喊回去，然后拉开梳妆台抽屉，把他的衣服往行李箱里扔。装满后，我又到主厕把汤姆的古龙水和其他东西扔进去。把行李箱拖到办公间，把汤姆的报纸也塞进去，这些看起来挺重要。

这时候，他已经在门口看着我：“丽比，别这样。”

“没别的办法。你得离开。可以明天再走。”

前年汤姆和我去密歇根北部滑雪。途经一段非常颠簸的滑道，我差点撞到一个人，他瘫倒在雪地里，受了伤。即便隔着厚厚的滑雪裤，也很容易看出他的腿像树枝一样折断了。我以为他会疼得呻吟，当我把他拉起来时，他竟然目光清澈，神色平静地说：“我刚把腿摔断了，需要立刻下山。”就好像在评论天气情况，“可以帮我叫一下滑雪巡逻员吗？”那时我对那男子的反应感到惊讶，现在明白他当时的感受了，我预感到现在体内的一点疼痛一会儿就可能发展成地狱般的疼痛，但暂且来说，我的大脑和身体处于自我保护模式，全部精力都放在下一步应该做什么上。

“但这是我们的公寓。”汤姆说。

“理论上可能没错，但是谁支付公寓费用？”我冷冷地问，甚至惊到了我自己。在这之前，我从没在他面前提过钱的事，即便我们公寓的首付是用我成年时从保险公司获得的母亲的人寿金支付的，我还独立偿还了至少四年的房贷。后来汤姆的职业发展渐渐有点起色，才开始支付微不足道的一小部分。目前他也不过支付月供的三分之一，而我还在不断偿还他的学费贷款。

“丽比，别这样。我说过，我很想解决这个问题。”

“汤姆，”我双手掐腰说道，“那是不可能的。不管你说什么，做什么，你对我说过的话永远无法淡去，永远。这个结是解不开的。你承认的时候，内心深处肯定已经很明白。”我本想嘲弄他昨天说的话，但怎么听起来都很悲伤，“我没有时间和精力跟你解决问题。也许现在听起来不可理喻，但将来有一天会讲得通。如果你还有别的问题，我建议你和心理师或者离婚律师聊聊。”说着我把行李箱递给了他。

“噢，丽比。”他说道。然后哭了起来。

很久没见过汤姆流泪了，他看起来如此悲伤，我本能地想要张开双臂，把他揽入怀中安慰他。这一幕迅速在我脑中闪过：我会对他说一些安慰的话，他会感激地望着我，渴望我为他擦干眼泪。我们会在床上或者地板上甜蜜、温柔地做爱，我甚至不会介意它在我还没准备好的时候就结束了。结束之后，他会开玩笑说自己应该多哭一哭，我们一起大笑，我会亲吻亲爱的、多愁善感的丈夫，告诉他我爱他就像嘴巴爱比萨，这在以前总能让他微笑。

这一幕足以让我泪流满面。

现在不是沉湎于那些不可能再发生的事情的时候。“请到别处流眼泪。”我边说边把痛哭的汤姆推到大门处。

汤姆离开后，我以为我也会哭。但是，我坐在走廊地板上感觉身体空虚，心力交瘁。如果癌症是一份礼物，我想把它退回去。我不需要一颗迅速恶化的肿瘤来提醒我生命的稍纵即逝：见证我的母亲在病床上恶化萎靡，还没有机会教会我怎么选文胸来防止我丰满的胸部下垂，她就死在了临终关怀院——更不用说等到她看着我和那个用一句结结巴巴的话就伤透我心的男人走入婚姻的殿堂——这些足够提醒我。

过了一会儿，我回到厨房，吃了几块布朗尼蛋糕，意识到我所关心的宇宙时钟在嘀嗒作响。我还没有什么确切的计划，更没有工作来占用我的生活，那么我还有充足的时间来做点什么。我坐在电脑前，开始搜索。

05

即便汤姆不在家了，我仍然觉得自己受他羁绊。也许厘清我们的经济关系才是帮助我实现独立的下一件应做之事。实现独立，其实是，短暂的独立。

把两人共有的存款全部转入我个人的网上账户的做法或许合法性会受到质疑，但我决定这么做，从道德上来说，我有权这么做：这些年是我在不断往里存钱，而不是他。转完存款后，我又登录我的养老和人寿保险账户，把托比和麦克斯设为新的受益人。虽然很想这么做，但我最终没有取消支付汤姆的学费贷款，这笔费用是直接从我们的活期户头提取的。他终究得自己支付，要么是等我的钱用光，要么等我病死，或者等我们离婚，就看哪个先发生了。

让我纠结的是房贷的开户名写着我们俩的名字。我不知道要怎么说服汤姆把房子卖了，但总之，我会的。八年来这公寓一直是我们的避风港，一砖一瓦都浸透着汤姆和丽比的气味——这对恋人再也不存在了。假如不能把它化为灰烬，那就只能卖掉。我快速地和一位朋友通了邮件，他以前是芝加哥的地产行家，他确认我的公寓很抢手。

我已经在通往独立的路上。

问题是，经济上回避汤姆确实为我减轻了一些愤怒，却也真正开始让我为失去的一切而悲伤。关上电脑起身的瞬间，我觉得自己直不起腰，我猛烈地啜泣着，难受得似乎要呕吐出来。我们在一起十八年了啊：比我生命的一半都久，多亏桑德斯医生的检查报告，我特别确定自己无法做到没他的日子比有他的日子长了。现在过去的一切美好记忆都像一场可笑的闹剧，中学时代史诗般的热恋，后来远距离的异地恋，直到结婚、一起搬到芝加哥，周年纪念，和难以忍受的汤姆家人一起度过的那些假日，再想到我的“截止日期”，尤其如此，就好像眼看着一件珍贵的珠宝被大海高涨的浪潮冲走消逝。我对已经发生的一切无能为力，却阻止不了自己拼命想象如何倒回从前，如何可以重新来过，选择完全相反的人生轨迹。

虽然很疲惫——毫无疑问，因为哭泣，也许还因为癌症，白细胞在身体里乱窜——我强迫自己外出吃午饭。我慢慢闲逛到了经常喝咖啡吃糕点的地方。

咖啡师珍妮特通常都在，她在咖啡机后面和我打招呼：“嘿，丽比。中午很少见到你。”

“我请事假了。”我答道。

珍妮特一头长发，脸上还有好几个穿孔，像城区高档化之前的波希米亚风格遗迹。“好哇！”她说着，把冲过咖啡的粉渣敲进装陈咖啡的桶。“汤姆怎么样？”她补充道。（汤姆和我经常一起来这里。）

“噢，汤姆？”我说，一面指着吧台上真空压缩包装的曲奇饼，“他死了。”

“噢，我的天哪！”珍妮特惊讶得晃动了一下。

“当然没那么夸张，”我说道，心里提醒自己别太夸张，“只是对我来说。”

我能感觉到她心里在想什么：丽比一定很受伤。好遗憾——他们俩看起来挺好的，伴着拿铁和卷心饼一起读周日早报。不过他比她好看，所以肯定走不下去。“很抱歉。”她说。

“呃，”我摆摆手，“没什么。我两岁大的侄子们的小鸡鸡都比汤姆的大。”这个，也是够夸张了。我简直发神经，竟然和一个毫不相干的女人说出这样的话。我一向很少评论别人，总往好的方面想，除非发生了某种奇怪的事。我很快就只能是别人的一段记忆，但不知道为什么，我不想让保罗、前任老板、咖啡师或者其他任何人记得我是一个——逆来顺受的人。

珍妮特大笑道：“好样的！人生苦短。”

“可不是吗？”我说着，往她的小费罐里塞了十美分。

回公寓的路上，我前面有两个女子在用西班牙语对话。我根据我所知道的全部西班牙语判断，她们在讨论工业废料的问题。丰富的辞藻在她们的舌尖跳跃着，让我好生羡慕嫉妒。我在学校学过德语，当时都标榜德语是一门实用的商务外语，可是我至今还没遇到需要用德语的机会。我去过三个西班牙语国家旅游，每次都会爱上西班牙语。我显然没时间完全掌握西语，可是我想至少在死前体悟到一点点拉丁语的魅力。

首先强调一下，我并没有一味地反应过激。回到家，我给桑德斯医生的办公室打电话：“嗨，我是丽比·伊丽莎白·米勒。我昨天来过，桑德斯医生说我得了癌症。我就想问一下具体是什么癌。我知道是淋巴癌，可是其他的记不清了。可以帮我查看一下吗？”

“明白，”接待员说，“请稍等。”然后电话里传来一阵沙沙声，她又让我稍等一下。几分钟后，桑德斯医生来接电话了。

“伊丽莎白——”

“如果不是用于备档，我比较倾向于你叫我丽比。”

他听起来有点不安：“丽比，我理解这对你来说非常不幸——”

“是的，很不幸，”我说，“请问现在可以告诉我癌症的全称吗？”

“皮下脂膜炎性 T 细胞淋巴癌。”

“呃……能拼读一下吗？”

他照做了。我谢过他，然后挂了电话。

征求谷歌医生的意见后，我确认这种癌症是极为恶劣的癌症之一。类似我体内这样的恶性肿瘤蔓延速度极快，而且基本都会化疗耐药，也就是说化疗没什么用。更无奈的是，尤其是我患的这种癌症非常罕见，同意接受治疗本质上等于自愿做小白鼠，医学文献上顶多会有关于我死后表征的描述。

多谢了，不过我不买账。

我脱掉 T 恤，盯着镜中的自己。不知多久以后最难受的症状会出现呢？绷带下面新长出来的皮肤有点像没有熟透的粉色猪里脊肉。我又回到电脑前，想查一下到底还能活多久，桑德斯医生有没有骗我。如果幸运，我可以舒服地挺过三到六个月，然后可能是六到十二个月的悲惨期，最后蹬腿死掉。

这下大概知道是什么进度了，我心里已经有数，于是把一部关于青春、性、爱情和背叛的墨西哥公路片《你的妈妈也一样》放入 DVD 机，躺在沙发上看起来。我大学第二年时和一个国际生同住一屋，她叫依西朵拉。是她把我带入凄美的西班牙语电影世界的。我最喜欢的西语电影都以西班牙为背景，比如《露西亚的情人》《极地恋人》《五颗女人心》。不过我仍对以墨西哥为背景的《你的妈妈也一样》情有独钟。

电影里，年近三十岁的露莎在一场婚礼上遇见两位少年。他们吹嘘自己知道一个号称“天堂之门”的世外桃源海滩，想说服露莎与他们一同前去寻找。得知丈夫出轨后，露莎加入了寻找之旅。于是，三个人无羁地跳舞，唱歌，做爱。情节很曲折，但是——很抱歉让你们扫兴了——露莎最终没有离开海滩，很快就因癌症而死去，而她从没有告诉过男孩们她得了癌症。

虽然已经是第九次看这部片子，但这次觉得格外沉痛。看着露莎缓缓走向泛着白色泡沫的海浪，我坐在那里抽泣不止。“生命像冲浪一样，所以把你自己献给大海吧！”她的画外音……听到这里，我已经像个胎儿似的蜷缩在一起，恸哭欲绝。虽然我不是很确定她到底是什么意思。

我要去弄明白。趁现在还能正常生活，我要去墨西哥。

06

只是有个小问题：我的护照过期了。我竟然一直没意识到，因为汤姆和我很久没有旅行了……天哪，多久？确实有一段时间了。我们年轻时，经常去旅行——克里特岛、奥斯汀、布宜诺斯艾利斯、波士顿。说实话，汤姆告诉我他想娶我是因为我俩一起旅行时很愉快；他认为这预示着我们会非常有默契。但自从他开始工作，我们就再没怎么旅行过。现在我觉得或许主要原因并不是我俩的日程冲突，更多的是因为他并不想在旅行假日里和我做爱。有一次我们去巴黎旅行，当时我想一连做两次爱，可是汤姆的反应让我很委屈，想到这里我的脸开始灼热。汤姆说："丽比，我不是机器。"即便他说完立马就表示歉意，我听了还是非常不舒服，有气无力地缩在酒店大床的被单下，性本能使我仍有点欲求不满，可又觉得有些生气，最严重的是那让我感到无比羞愧，好像我的性本能如此自私，过度活跃。（记得我曾听见汤姆说："你知道这不是你的问题，对吧？"好吧，现在我知道了。）护照失效让我暂且有点难过——我没有六个星期时间等政府部门把新签发的护照寄给我——突然发现原来可以多花钱办加急护照，只要两周就能到手。太好了，我兴奋地想，这简直就是我要的。我到杂货店照了护照照片，虽然照片上我的脸色显得异常惨白。然后把支票、一些必要的表格和照片一起寄出了。回到家后，我用微波炉热了一只墨西哥肉卷，开始搜索墨西哥远东海岸的海滨住宅，据说那里的秋季非常唯美。多亏最近毒品导致的动荡，机票很便宜，海滨住宅的价格也相对低廉。我预订了往返机票，准备在墨西哥待上一个半月，还支付了艾库玛尔某个私人海滩的一处乡间小别墅的订金。如果厌倦了艾库玛尔，可以去科祖梅尔岛或者图仑海滩等地。不过去哪里并不是重点，重点是我需要沙滩、海水、纯正的墨西哥美食和大量的玛格丽特鸡尾酒来寻求心灵的救赎。（以前不怎么喝酒，现在打算开始喝酒了。）去完墨西哥，我会直飞到纽约，在那里终于可以告诉保罗我得癌症了。然后我们俩一起驱车前往新罕布什尔州看望父亲，告诉他这一坏消息。我们三人会最后一次同去母亲的墓前，然后我便会在亲爱的家人中间安静地死去。不过，我还不能肯定墨西哥之旅以后的计划细节到底会如何发展。那时我已经痛不欲生，从理论上讲，我也许会把口袋装满岩石块，慢慢走入海水中，或者找个温暖的大烤箱，把脑袋伸进去。然而现实中，我知道自己做不到，所以保罗和父亲会眼睁睁地看着我痛苦挣扎一小段时日。这，比起任何其他情况，都更具毁灭性，所以我试图不去想太多。安排好行程时已经是晚上八点多。我决定不要再继续白天的痛苦，于是吃了两粒汤姆的安眠药。我爬到床上，可满脑子都是白色沙滩和墨西哥流浪乐队跳舞唱歌的画面，实在难以入睡。我放弃了，起来弄了一大碗爆米花吞食着。接着登录我的某个社交网站账户，把婚姻状态改为单身，我知道这涟漪将在朋友圈激起一小阵海啸。管他呢。让他们担心去吧。我失败的婚姻正好可以作为我的健康问题的挡箭牌，我也没打算告诉大家我快死了。母亲临死前，早就不怎么联系的远房亲戚和教会里不太熟的朋友都到我家来问候，后来在医院病床前也是如此，让我们损失了不少最后和她相处的时间。这一次，轮到我体验这一遭，而我要自己掌控。癌症俱乐部的第一条规定就是：其实没有癌症俱乐部，也就不需要假惺惺的祈福者们探着脖子在真正悲伤的人面前打听东西，提醒自己有多么幸运。九点时，我开始有点晕晕乎乎——沙发好像缺水的水床，绵软没有弹性，我看着镜中的自己，脸肿得很大，真是吓人——所以我真的应该回床上睡觉。但我能听到身后传来一阵阵持续的奇怪声音。难道楼上邻居有个落地钟？或者是远处谁在敲锣？不，都不是。是我的手机响了。号码被屏蔽了，但我还是接通了。“不错嘛，汤姆。”我嘲笑道。“丽比？”是洁西，奥莱利的妻子。比起交心挚友来说，她是我最亲近的人了。我不太擅长和家人以外的人敞开心扉，或许是孪生的缘故，保罗也是如此。但由于我俩的丈夫是发小，而我从中学开始就认识奥莱利，这些年洁西和我的关系也比较亲近。有时候我会质疑我们之间的友谊，尤其是她刻意想让我说出内心深处对生活和丈夫是否满意的时候。而真相是，直到两天前——除了杰姬朝我乱扔东西或我为青春易逝而惆怅之时——我都挺心满意足。但洁西是个有趣的人，而且可以说是我见过的所有人中最时髦的，我们俩一起出去总感觉是去体验社会学的实地考察。（有的女人可能会为了一双鞋花掉六百美元，谁知道呢？）可是现在，我对她很不满，因为奥莱利比我先知道汤姆的性取向，那就意味着洁西也早就知道。“我是丽比。”我应道，口吻像是我并不清楚电话那头是洁西。“丽比，你好吗？”“当然，还不错。”我答道（也许，也许不，我有点含糊其词）。“但是你该怎么办？”她问道，语气特别温柔。“我该怎么办？

我该怎么办？我老公刚刚告诉我他在和我做爱的时候想着男人的家伙。你觉得我该怎么办，洁西？”

“噢！”她说。我想她一定已经猜到我会发脾气，而且觉得这都是我的不是，我就是容易激动。我听见她在跟人耳语。“你妈的！”我骂道，“汤姆在你旁边？”洁西没吭声。“听着，谢谢你的关心，但我正忙着呢。”我一面说，一面装作身边有个男人，还模模糊糊地和他说些肉麻的甜言蜜语。这会儿沙发感觉像是惊涛骇浪中的一艘救生筏。“嗯……嗯……你好讨厌！”我叫道，然后挂了电话。汤姆不想和我睡，所以也就没什么关系了。在安眠药的作用下，我已经开始意识混乱，不过至少让洁西、奥莱利和汤姆都明白，我已经放下过去，继续前行了。这时我突然想到一点，正巧可以帮我开启充满未知的美妙南方之旅。

07

泰·奥施莱和我共事过三年。其实，他一直在楼层的另一端，但因为他确实很有做市场的天分，便和杰姬打过不少交道。“永不满足女士，今天过得好吗？”他踮着脚尖轻轻走到我的工作格间压低声音问。“优美典雅！”我应道，然后像个学生妹似的咯咯笑着。他很聪明，又魅力十足——我该怎么恰到好处地形容他的性感呢？

我对他有过好感，但很纯洁，只是为了让工作的时候心情更愉快。我感觉泰对我也有一些好感。好几次我发现他在偷偷瞄我的臀部。直到有一次我终于说服汤姆参加我公司的假日派对，泰当时已经有点醉意，把我堵在吧台一角，指向大厅对面的汤姆，问道：“那个男的就是丽比·米勒的先生？”从他的语气来看，好像汤姆并没有比他高十厘米，也并没有很英俊。

去年泰和我有很多合作，我们那种随性的打情骂俏转变成了某种友谊关系。我们经常一起喝咖啡，偶尔在杰姬出差的时候一起吃午饭。泰会告诉我，作为一个三十五岁的男人，通过婚恋网站找女友的体验特别糟糕。我会告诉他婚后的生活其实没有想象中那么无奈，当然他对此不怎么买账，会大笑不止，说我是某个鼓励结婚组织的游说者。他说得没错。那时我爱着汤姆，并没有想过要出轨。但我不否认，泰对我来说很有新鲜感，让我着迷——他简直快赢得这个女人的心了。

后来泰辞职去另一家机构工作了，我们不再有联系，直到去年春天在街上遇见他。“丽比・米勒，优美典雅。”他说着，令人无法抗拒地咧嘴一笑。

“嗨，泰。”我羞红了脸，心里知道这一照面意味着未来一个多月里，我和汤姆亲密的时候，都要使劲不去幻想泰的样子，“工作怎么样？”

“嗯，出版商没指责我脑残，所以是个好兆头。”他答道。然后坏坏地微笑道，“你丈夫怎么样？”

“还好，”我结结巴巴地说，“他还好。”

“嗯，如果不好了，记得找我，丽比・米勒。”他说道，然后大步走向远方，好像并不觉得自己已经在我的内心印上了一个问号。

我遇到个难题。即使我有时间去尝试，我的婚姻也是无可挽回的。而我不想我短暂的人生里仅仅和一个男人做过爱，尤其是现在我很清楚这个男人是同性恋。老实说，我很想有场性狂欢（当然要让我赤裸身体还是不容易的，因为不想给对方解释自己肚子上的绷带和纱布是怎么回事）。我只是需要一个人——这个人肯定不是汤姆，也不是连环杀手——来证明我是个有趣的、性感的女人，证明我的性本能是绝对健康的。我很确信这个人就是泰。

可是，我不想觉得自己出轨了。本应该最快办好的离婚手续也还拖拖拉拉；两周时间就可以拿到护照，但那时还不一定能拿出拟定好的离婚协议让汤姆签字。（我们结婚时，汤姆坚持把“直到死亡将我们分离”写进我们的婚礼誓词，当时我觉得很恐怖，非常讨厌这句话。

但也许他是对的。）

我还是需要先做点老套的事。

现在，我并不打算谋杀汤姆。如果我很快就会去见上帝，我不想让汤姆抢在前面。而且杀他的强烈欲望已经变成了摇摇欲坠的忧伤。每个清晨醒来时震惊于为何汤姆不在身边，然后一遍遍想起他为什么不在。刹那间，我发现自己一面诅咒着他，一面却想拿起手机给他打电话，向他倾诉我的丈夫对我的伤害有多深；就好像有两个版本的他：一个是骗子汤姆，刚刚刺痛我的心；另一个是真正的汤姆，他会谴责骗子汤姆，让一切都好起来。

忧郁心情之下掩藏着某种莫名的紧迫感，内心更深处——我知道这听起来挺奇怪——有一缕希望之光穿过黑暗指引着我。我将要死去，这非常不幸，可是，也许很快就能再见到母亲了，这是我一生都在等待的时刻。

而且，可能汤姆刚告诉我他是同性恋时，我就会因悲痛而遭遇车祸，也就活不到现在了。虽然很不情愿承认，但癌症晚期的确带给我一件临别礼物：一小段允许我改变人生故事的时间。

我换上自己最喜欢的衣服，酒红色的针织连衣裙，穿起高跟皮靴（这还是去年洁西劝我买的）。然后摘了婚戒，三天前就该摘掉。捏着婚戒在抽水马桶上方晃悠着，想鼓起勇气扔了它——想象金属撞击白色陶瓷的清脆声，伴着哗哗的水流，戒指就和我拜拜了。

这戒指还是汤姆帮我选的。我事先没有看到，直到婚礼仪式时他将戒指戴在我手上。“你真的喜欢它吗？”他急切地问我，那时神父刚刚宣布我们正式成为夫妻。

“喜欢。”我小声耳语道，一面用手指轻轻摸着这光滑的纯金戒指。它不薄也不厚，不像母亲传承给我的订婚戒指那么漂亮，这枚婚戒很朴素，一点也不华丽。

当时我还想，它简直就是汤姆与我的爱情：简单，轻松。

现在我才明白，我俩之间的爱情绝非易事，就像生活中其他的部分。我停下晃动的手指，把婚戒丢进了化妆包。

一小时后，我到达汤姆的办公室。“丽比！好久不见！”艾利克斯在接待处的桌子后面和我打招呼。艾利克斯和我是一类人，以我们的能力，完全能胜任更好的工作，可是我们也很清楚抱怨无法让我们更早离开现在的境地。

“嗨，艾利克斯，”我说着，心里提醒自己要保持微笑，“汤姆在吗？”“在。”他说，然后给汤姆打电话。汤姆瞬间就出现在大厅。虽然我刺伤了他，还把他赶出家门，但看到他的一瞬间，我很惊讶——是的，他确实看起来很愤怒，因为我出现在了他的公司。

“时间不合适？”我问。“不，当然不是。”他答道，倾斜过身子想来拥抱我。我立马朝后仰腰躲开他，好像林波舞挑战冠军。

“别别别。”我半开玩笑地推托道。汤姆肯定能从中听出我不满的尖声调。

“咱们到外面去。”他说。

“不要。”我说着，示意他回到工作格间。

“丽比，这是什么意思？”我走近他办公桌时，他压低声音问。

如果担心我当着他同事的面把他的事抖出来，那他多虑了。“我告诉过你，我不想你去我的公寓。”

“呃，好吧。”他说，手指揉搓着衣袖纽扣。

“所以……你是来好好谈谈的？我也希望我们能尽快谈谈。”

“不，并不是。”我可以全都豁出去，当众大吵大闹。不过我承认，我更希望这一切快点结束。

“只可惜伊利诺伊州政府把离婚过程搞得又长又痛苦。”

“我已经告诉过你，我不想离婚。”

“你不想，汤姆，但你会的。”我说。这时我感觉内心深处一阵呜咽在缓缓沸腾。我吞噬掉它，稳住情绪。“所以，免得以后更麻烦——”

我说着瞟了瞟他的同事是否离得太近能听到我们对话，还瞥了一下他是否准备躲闪以防我掏枪。

“起来，笨蛋。”我厉声说道。

他缓缓起身。

“汤姆·米勒，”我说，“我，丽比·米勒，现在和你离婚。离婚，离婚，离婚。”

我在期待他震惊的反应，可是目光与他交会时，看到的却是受伤。

这不是你的错，丽比，我提醒自己。不要让他的痛苦感染你。是他把你逼到这份上的。

“再见了，前夫。”我沉静地说。然后，我头也不回地转身离开他的小格间——并不是要证明什么，而是因为害怕自己忍不住回到他身边求他原谅我，接受我，宽恕我。

…………

有一点犹豫但又十分坚定，我在午餐时分来到了泰在芝加哥的办公室。办公室坐落于市中心外的一片豪华街区，占据一整排砖房首层的一半区域。按下门铃，报出泰的名字，门马上就开了。我发现，会客厅满是古董家具和巨幅油画肖像，估计任何一幅的价值都要比我的净资产高。

泰从一对双开红木大门进来。“丽比，”他语气温和，但听不出我所期待的男性荷尔蒙与热切渴望，“什么风把你吹来了？”

“嗨，泰。”我应道，心中激动不已。我们曾心照不宣，为何他的语气里好像有理所应当的好奇？

“让我猜猜：和杰姬的关系闹僵了。”他微笑道。

“汤姆，”我不安地想，“你是指汤姆吧，不是吗？”我紧张地笑道，“可以这么说。”

就在这时，一个女子也从红木大门进来。她虽然走路蹒跚，可是，我的天哪！即便怀孕七八个月，她看起来也还似在空中轻盈滑翔，像个娇嫩温婉的女神，腹部附着了一个篮球大小孕育生命的圆球。她非常美，朝我微笑时就好像我们是老朋友。接着她把手扶在泰的后背靠下的位置，明显表明他们俩不是同事关系。我瞬间糊涂了——难道把他家和办公地址弄混了？

“丽比，这是谢伊·布罗德里克。”泰介绍道。

我目光茫然：“布罗德里克？”

“布罗德里克传媒。”谢伊补充道；泰同时补充道：“我妻子。”

“噢，”我说，“噢，我的天哪，太棒了！”

“可不是吗？”泰说着，对着谢伊咧嘴一笑，“我们几个月前才结婚。”

“我的肚子看起来很丑，是不是？”谢伊微笑着问道，“我都四十岁了，还是泰的老板。但若是没有雇用他，我也想不到我们会爱上彼此。”

如果她都四十岁了，那我简直要四百岁了。难怪身体吃不消要放弃我。

“丽比，这也只能怪我。”泰说。

我睁大了眼睛，好像彻底明白过来，于是竟向上帝祈求狂欢：上帝啊，您现在感觉如何？因为现在对我来说简直是个完美的欢乐时刻。

“我是说，仅仅过去一年，谢伊已为扫盲计划资助了——多少个孩子，亲爱的？”

“噢，你啊，别说了！”谢伊应道，一脸假谦虚。

“说真的！丽比，你知道吗，全芝加哥竟然有将近百分之四十的人是文盲？”

“不，我并不知道。”我告诉他。眼睛环顾四周想找扇窗户跳出去，而完全不顾房门就在身后，理性思维已经陷入遥远的、几乎深不见底的记忆深渊。

“是真的！”泰激动地说，“在谢伊的支持下，布罗德里克传媒已经为全城最有实际作用的扫盲计划资助近十万美元。”他把头往后仰了仰，似乎把我当成一条摇着尾巴祈求他救援的落水狗。他如果这么想就大错特错了。“你应该来我们这里工作，丽比。”

我们。我想把“我们”丢到篝火里，把“我们”塞进瓶子里，在飓风季节扔进墨西哥湾。

相反，我皮笑肉不笑地说：“我很乐意，但是刚刚从杰姬那里辞职，开始经营我自己的非营利机构。呃，为父母患癌去世的孩子们。所以我来这里。希望你和谢伊能够给我出出主意。”我小小地撒了个谎，好像刚才根本没听说泰的妻子不仅经营着芝加哥少数几家盈利可观的媒体机构，而且还有颗仁爱善良之心。

“指导别人也是我的强项之一！”谢伊应道，“我很乐意再多聊聊，可是现在，布罗德里克－奥施莱宝宝饿啦！你懂我这身体反应。”

我不懂。

“你可以留下名片吗，丽琪？”她甜甜地问。

再一次，并没有，而泰没有告诉她，她刚刚糟践了我的名字。我马上要离开他的私密伊甸园了，他看起来如释重负。“嗯，我应该能找到你。”他一面说，一面和我握手。

他的手很凉。“是的，在网上很容易找到我。”我告诉他。搜索讣告就好了。

08

关于人生，你以为在可预见的未来不可能发生什么大事来终止你的故事。然而，在你正应该面临中年危机的时候（“你”是指我自己），一个穿白大褂的陌生人告诉你，你将不再是芸芸众生中的一员，不再有那四十五年半的时间来慢慢熟悉死亡的概念。

这暗示着我生命终结的危机。

确实，对于我即将经受的痛苦与死亡，危机一词实在太温和；用全盘崩溃来形容或许更贴切，至少我觉得自己在泰和谢伊面前还算理智。我可以责怪癌症和汤姆出柜，可以怨恨冒失鬼泰和他对我的排斥（我决定，来世用这个做我乐队的名字），但其实只有谢伊真正刺激到了我情绪的辐射场。

因为，谢伊拥有自己的公司和慈善捐赠，而且还怀孕了，这些代表了一切我没有的，过去不曾有，以后也没有机会拥有。

我到底做过什么有影响力的事？我这样想着，坐在露台上瑟瑟发抖，眺望着窗外一排一排的公寓楼，还有一家令人反感的麦当劳。我偶尔给本地一家电台寄几百美元。中学时我曾成功号召大家阻止学校生物实验室解剖猫的幼胎。去年，我与公司 IT 部门联合创建了不受地点限制的分享平台，以便同事间随时随地自由查看其他人的工作文件，不再为休假和病假打乱工作进度。平时忙得不可开交，我自己还没机会使用这个创新产物。

没什么有影响力的，我给自己的过去做了总结。不像谢伊，我没做过一件值得吹嘘的事，更不用说私下里骄傲的事了，这远比我生活伴侣的出柜要让人难受得多。

我思考到底是吃一粒还是七粒安眠药，但最终没吃，给保罗打了电话。只响了一声他就接起。听上去周围有很多人在狂欢。

“你在哪儿？”

“一个酒吧。我和同事们在一起。股市今天停盘，记得吗？”

“噢，是啊，”我说，才想起来今天是星期五，“你能再戴几分钟数钱的眼镜吗？”

他大笑：“从没摘掉过，丽比。是关于离婚律师的事吗？我已经帮你看了。你得花大约两万三千美元。仲裁调解只要个零头。但如果想把财产全部拿走，那还得多花点钱。”

“他一文不值。”

“你可以这么说，妹子。”

我使劲眨眼睛，努力不让眼泪流下来。这样其实没什么意义，保罗能在千里之外嗅到我在抽泣。“噢，丽比。我知道你不想这样，让我抱抱你吧，嗯！好的，稍等一下，我到外面去，听得更清楚。”

背景的嘈杂声减弱后，我问保罗维持一年的无业生活大概需要多少钱。我可能也活不了那么久，但以防万一，我可不想到时候拖累保罗，他大量的资金都捆在投资和房地产上，还得抚养两个孩子。

“你打算休息一年？”他问道，语气中夹杂喜悦和惊恐。保罗不工作时，精神比较萎靡不振，总是有两部手机不离身，随时准备接电话。不过他支持我想要休息的想法，也时不时建议我休个假。

“是的。”

“那么你有什么计划？”

“我先去度假。然后可能去看你，再到父亲那儿待一段时间。”我模糊地说。假如母亲的卵巢癌症状是个先例，那我也会瘦掉半个人，假装没那么疼痛，一天得睡十五到二十个小时来弥补虚弱的身体。但是保罗肯定很快就会察觉。

“太好啦！你的双胞胎侄子们见到你一定很高兴。我们可以一起做职业头脑风暴。我觉得你会是个出色的对冲基金经理。”

“如果真是那样，我就不用你帮我做预算了。”

“好吧，我明白，所以……”他自言自语了几个数字，然后告诉我一个比我预期要高的数字。

“我回去得用电脑再确认一下。但我猜以后你得独立支付房贷了。你一直在按我制订的计划支付吧？”他问道，指的是几年前他帮汤姆和我计划的收支预算。

“当然，保罗，你质疑我？”

“你打我吧。”

“啊——”

“哎哟！”他惊叫一声，我也不知不觉大笑起来。从小我就总被这个段子逗乐。

“不开玩笑，假如我要卖掉公寓呢？”

“然后搬来和我住一段时间？我可以专门为你把底层改建成

公寓。”

“或许吧，”我模棱两可地说，因为我没有计划要搬去和他住，“那我需要花多少钱？”我想尽可能多地清算资产。而且，一想到汤姆将要成为无家可归的人，我还是觉得挺刺激的。

保罗又给了我一个数字，比刚才的低。

“很好。最后一个问题。我想捐一笔钱。给自己积攒点人品，顺便也可以为今年避税，”我解释道，心里恳求上帝原谅我这几天撒的几次小谎，“我怎么找到靠谱的慈善机构？”

“从‘慈善机构导航’上找，他们会详细列出各种慈善机构的正规程度。找那些 B+ 以上评级的。”

“你真是无所不知。”我说。感觉又看到了光明。

“这是个负担，我告诉你。”

“我是最爱你的，保罗。”

一小时后，我清空了半数存款。应该把账户都注销，但也许我能活到与汤姆走法律程序离婚分财产的那天。于是我把另一半存款转为现金存款。

我找不到正儿八经为父母患癌症去世的儿童建立的基金会，想着是否要把对泰和谢伊撒的小谎变为现实，最终还是决定要让知道自己在做什么的人去打理我的钱款。所以选择了两家非营利癌症研究机构——纪念斯隆凯特琳癌症中心和圣尤大儿童研究医院——分别发去一张大额支票，比我以前任何一张支票金额都要大，指定这两笔捐款是为了纪念夏洛特・罗斯——我的母亲。

这让我想到一点。虽然我做祷告，并把信仰寄托于上帝，但我不确定是否真有来世——虽然我特别希望来世存在。我并没有什么兴趣见上帝，但有兴趣再次见到母亲。随着这一刻慢慢临近，我开始有点慌张。她有没有一直在远方见证我的一生？她会怎样评价我的决定？两笔捐款似乎微不足道。当然我能以更重要更有意义的方式来缅怀我的母亲。

是的，我能。我可以把所有不需要带去天堂的东西处理掉。

于是我到分类黄页广告网发布了一条广告：

离婚甩卖！中世纪复古家具！

轻雕刻艺术！现代艺术！吐血甩卖——统统甩卖！

接着打电话给地产中介朋友。“丽比？”他诧异地接起电话。我早和他聊过公寓的事，但他可能没想到我周五晚上会给他打电话，而且自几年前在朋友订婚宴上相见之后，我们再没见过面。

“拉吉，我想行动了，你可以帮我卖掉公寓吗？”

他听起来很兴奋：“所以你决定要这么做了？什么时候？”

“明天。”

“你想得到多少？”

“够我抵消房贷就好。”我说，告诉了他我欠银行多少钱。

他吹起口哨：“很好。你们在市价上涨前购买，所以大概能得十。”

“美元？”

“万，丽比。十万美元。”

我松了口气：“继续说。”

“我这周可以发布售房信息，但你要确保房间尽量干净、整洁。”

“没问题。很快就会全空，下个月我要离开一段时间。”

拉吉和我在网上互加过好友，他也已经看到我的状态更新为单身。“丽比，我不想问，但是——”

“汤姆不高兴，虽然我支付了整间公寓百分之九十八的费用。但是他同意出售公寓。”我还得更换门锁，伪造汤姆的亲笔签名。对不起了。

另一方面，我确实决定为患癌症的孩子们捐款。等这个公寓里的东西都卖光，那谢伊的扫盲捐款就实在无足挂齿了。

更重要的是，我那时不再轻如鸿毛，而是一个没有辜负母亲的死、努力做了一些有意义的事情的孝顺女儿。

09

“我的天，丽比。你疯了吗？”洁西说。她环顾我的公寓，四下空空。我原本做好准备一整天守在这里，打理“死亡—离婚甩卖”，结果一位室内设计师带着搬家货车和几个壮汉一早就来了，差点把所有东西都清走。“这确实是你的？”设计师不停地问。很显然，把斯堪的纳维亚精工家具当作救世军慈善组织的廉价商品变卖，明摆着不是正当生意。虽然我的最初目的是把公寓的一切都清空，越快越好，但意识到设计师其实有能力支持一下我的慈善基金计划，索性结算时我多收了她一千美元。于是她再没问家具是不是我的。

假如知道门外是洁西，我就不开门了，还以为是另一个买家。

“说真的，”她吃惊极了，“我觉得你应该去看咨询专家。比如，今天就去。”

我顺着洁西的视线看到地上一团团的灰尘球，不到一小时前，那里还是乳白色的组合沙发。

“或许吧！”我应允道，然后打量她的时髦装扮，“不过我可没有头上插根羽毛，手里提个美洲驼皮做的手袋。”

“是鸵鸟皮。”她耸耸肩膀，“我一直给你打电话。那天晚上的事，很抱歉。但总是逃避，根本无法让一切好起来。”

“我没想要让一切好起来。”

现在轮到她盘问我了：“虽然不敢相信，可是你的公寓变成这个样子，我不得不信。你的家具哪儿去了？”

“我在重新装修。”我回答，难以抑制脸上的微笑。

“丽比，这可不行。那些家具对汤姆意义非凡。”

“只可惜我们的结婚誓词对他来说没什么意义了。”我大笑起来，虽然这笑很干很空洞，“另外，你我都知道这里大部分的东西都是我支付购买的。我认为我有权做自己想做的事。”

“我想是的。”

“汤姆住在你们家？”我问。

“是。住一小阵儿。”她四周环顾想找个地方坐，但仅有的选择是一张咖啡桌——一个长形的玻璃字母，又丑又站不稳——还有地板。“想出去抽根烟吗？”

“好。”

我还没把露台的组合桌椅卖掉，所以我俩就坐在藤条椅上，面对面。洁西开始抽烟。她几年前就想戒烟，主要是因为奥莱利很讨厌烟臭味，但她仍然每天抽几次，还说等怀孕后一定戒掉。然而，印象里她总是推脱怀孕的事，而且她还大我两岁。

“所以你早就知道。”我说。

她吐出一缕轻薄的烟气，答道：“不是。我上周才知道。但以前怀疑过。”

我脸颊抽搐了下。洁西都有怀疑，而我呢？

“噢，丽比，你的表情，别那样。”她说着，把抽了一半的烟压灭在我给她拿的小杯子里。她不喜欢一次抽完整根烟——或许为了显得优雅。“并非我正巧看见他钻进同性恋酒吧。”

“那是什么？是什么？”我说着，泪如泉涌，真是讨厌。

“老实说，我也不确定。只是觉得……”她望着公寓车库的金色拱顶，“我老是觉得汤姆有一点爱麦克。”她指奥莱利。

“你觉得吗？”我一面问，一面用手背擦眼泪。

“呃，是的。”她大笑，“我和麦克提过一次，他听了特别不安，所以我再也没提起过，但我觉得他私下里也认同我的感觉。汤姆告诉他时，他很受打击。我是说，就好像你身处黑暗，麦克在漆黑洞穴底部拿着一把功能正常的手电筒，可是拒绝打开它。我不是说他有同性恋倾向。”她快速补充，或许心里想到了保罗。

“我明白,”我向她保证,“相信我,我明白,你以为你了解某人……”

“但你发现其实你并不了解,一点也不。”她说,然后又到包里掏烟。

我几乎要憋不住了。身体里有一部分很想把患癌症的秘密卸载了，像有一把铁钻压迫着我胸口。但我绝不想让洁西告诉任何人，也就是要她和我一起承受被铁钻压迫的痛苦难耐。

“洁西，我想我们还会是朋友，只是我计划离开芝加哥，可能近期不会回来了。”

洁西正准备点烟，听到这话，把烟放到桌上，挪坐到我身边：“丽比，我爱你，但有时挺担心你的。”

“为什么所有人都这么说？”

“好吧，你怎么就认为地理界线会妨碍咱们的友谊？我们已经是多少年的朋友了？”

我在心里数着：“至少十二年。”

“没错。”她双臂环抱着我。我试图显得没那么僵硬，就像我说过的，我不太喜欢汤姆以外的人碰我。“奇怪的事都会过去的，你知道的。有一天你会清醒过来，不再跑去汤姆公司出洋相。”

我皱了皱眉头：“我没有出洋相，只是想让他知道我们的婚姻正式结束了。”

“随你怎么安慰自己，”她打趣地说，然后从侧面又抱抱我，“但说真的，一切都会好起来的，我知道。”

“谢谢你，洁西。”我有点泄气，“希望这是真的。”

洁西走后，我开始打包公寓里的东西，大部分都堆在地板上（除了卧室的东西还都保持原样——我实在不想让任何人进卧室，去墨西哥之前也需要有个地方睡觉）。我会寄几件到保罗那里，其余的就扔了或捐掉。

我发现自己不自觉地趴在床上翻起了婚礼影集。汤姆，身着光鲜笔挺的西服，却不需要操心两年时间才还清西服所花费的信用卡支付；我，身着母亲结婚时的婚纱，虽然加宽了一点，但仍然华丽优雅。我们疯狂笑着，脸颊圆润饱满，一看就是二十几岁的年轻人，而现在已然不同。

保罗是对的：那时我们太年轻，无法对人生的重要决定负责。我当时也许过于幼稚，很多事想不明白，没有意识到他可能会变成今天这样。但我确信，他内心深处一定——一定有预感，某一天他会背叛我，但他还是娶了我。我不瞒你们：想到这里时，真想杀了他，毫无疑问，杀了他。

又翻了几页，视线停在一张抓拍的照片上。汤姆和我站在市区马路中间的路牙上，左右两个方向的车辆繁忙穿梭，婚纱的裙摆铺撒在水泥路面，好像我们在和汽车告别。汤姆一面扶我向后仰，一面亲吻我；而在我头部正后方，一辆公共汽车正朝我们冲过来，虽然由于速度和距离的原因，车显得模糊不清。我最初看到照片时，觉得非常赞。好赞！就好像，看啊，我们的婚姻如此坚固，两吨重的城市公共汽车都无法摧毁它！

那个女孩，无法想象公共汽车很可能瞬间将她碾轧，她相信未来的生活将伴随着孩子们的欢声笑语和永远爱她的丈夫。

我再也认不出她了。我好奇自己是否真的认识她。

10

母亲去世后，我也不想活了。我不愿主动回忆那段时间的事，更多是假装什么都没发生过。葬礼后的这些年，我们几乎没有什么照片，仅存的几张里，我是个肥胖的短发女孩，表情很不自然，头发是自己剪的；她哥哥，虽然瘦弱，但是美得摄人心魄，可仍然不够自信；她父亲，刚刚失去亲人的中年男子，微鬈的头发间延伸出一丝煞白如闪电的银发；我们边上空着一个位置，母亲理应站在那里。这就是为什么我不喜欢回忆过去。

最终，我和保罗都从悲伤中恢复过来。通过逃离社会的方式——甩开朋友，不去参加我们原本擅长的活动，仅完成学校要求的基本内容，成天沉浸在小说中，尤其对恐怖电影产生了浓厚兴趣（虽然父亲感到担心，可还是把热门电影会员卡给我们用，因为他害怕拒绝会给我们脆弱的心灵带来更严重的创伤）。我们很少与外界交流，几乎仅和彼此及父亲交流；除了血淋淋的恐怖片，我们还想尽己所能保护父亲的感受，这是失去母亲的青少年所能做到的，忽略他的感受只会让事情往相反的方向发展。

可以说自我封闭起了作用，所以在我成年后的生活在短短几小时内支离破碎继而持续崩溃下去时，也就不奇怪为什么我想重新回到无人干扰的真空气泡中，它曾带给我内心的宁静。我需要前去一个更美好的地方，好似自己正在死去。然而，真的快要死去时，这个愿望难以实现得令人哑然。倒不如哼唱那些毫无真感情的歌曲来得容易，然而歌曲作者除了有过胃肠不适再无任何坎坷经历，也不如阅读冰箱贴上吸着的情感语录来得轻松，提醒你：生活吧，假如今天是你的最后一天，晚餐可以尽情享用一罐奶油冰激凌——甜品为先——然后和朋友们肩并肩跳个牛仔舞。

我不想唱歌。不想大口吞食人造奶油或蹬上粗犷的牛仔靴，但假如能允许我暂时忽略这个世界一到两个月，我会满载信心地回到现实世界，短暂的有生之日，让自己专心致志地经营生活中的小小喜悦。

假如“死亡—离婚甩卖”后的三十六小时里收到的语音留言算是一种提示，那么追寻清静的世外生活则是一件难以实现的事情。

保罗：“你知道我不喜欢你这样杳无音信。打电话给我，不然我派人到芝加哥河里去找你的尸首。”

父亲：“保罗告诉我汤姆的事了。亲爱的，我很抱歉。我爱你。有空时给我回电。”

杰姬：“丽比，你这母牛！快回来上班，不然我叫跟班去扯你头发，把你揪回来。如果没有助理，假期档的广告会弄死我的，别再赌气，快提着你的牛屁股回公司，现在！”

保罗：“丽宝？别闹了，快回电。”

保罗：“丽宝。今天。”

医疗中心临时接待：“请找伊丽莎白·米勒。伊丽莎白，桑德斯

医生——”（删除）

杰姬：“丽比，别开玩笑了。带着你长酒窝的屁股——”（删除）

保罗：“很抱歉地通知你，你要是再不快点接电话，我就只能强迫自己坐私人飞机去找你。虽然我得忍受大金属块把我弹上天，让一个年薪五万六的平庸驾驶员带我飞。我宁愿做个下身贴蜡除毛也不愿坐飞机。所以给我回电，好不？”

杰姬：“我和人力资源说了。又给你加了一万五的工资——”（删除）

拉吉：“售房信息上线了，目前已有几个咨询。你准备好了的话我就带人看房了。回聊。”

汤姆：“嗯……”（听起来好像电话不小心断了。）

汤姆：“还是我。你还好吗？请给我回电好吗？”

父亲：“还是我，丽比。有空时请回电。”

我给保罗发了张空空如也的公寓照，证明我还活着，然后到厨房案台给父亲打电话。

他似乎不想让我听出他很疲倦：“嘿，孩子。保罗告诉我你和汤姆的事了。我……真的很抱歉。更优秀的人才配得上你。”

“谢谢，爸。”我说，即便我向自己保证一定不哭，可在电话另一头还是哭了。“别太难过。”他说，那一刻让我哭得更厉害。

“对不起，”我终于缓过来，吸了吸鼻子说道，“咱们来说点别的吧。德洛莉丝还好吗？”保罗和我知道，父亲和她已经约会两年，可父亲仍坚持称她为自己的“朋友”。

“噢，她挺好。上周我们一起看电影了。”他说。我脑中想象着他坐在雪松木和原石搭建的小屋里看一部叫作《老虎》的电影，然后独自上床睡觉。比和汤姆结婚还让我后悔的是这些年没能多去看望父亲。总是被工作缠身，或努力备孕，还有——唉，一切理由都太过牵强，现在都无关紧要了。也许我应该将旅行的时间缩短到一个月，那样还有更多好时光陪伴父亲。

“爸，我计划去墨西哥。”我告诉他。但并没告诉他我已经辞了工作，还订好了机票。

“墨西哥？亲爱的，那不是什么好决定，你们度蜜月不就是在那儿？”

我其实没想到这一层，一只手情不自禁地触到了石台，冷冰冰的。汤姆觉得白色石台有点过头，显得俗气，但这是我对这座公寓情有独钟的原因之一。

“每次你看到玉米卷或宽边草帽，就会想到汤姆，”父亲说，“我可以提他的名字吗？还是不应该提？”

“没关系。”我的脑海中浮现出墨西哥湾，汤姆在我身边，我们在潜水。突然有一条巨型刺鳐从我们下方经过。他知道我有些惊慌，沉着镇定地牵起我的手，温柔地戳了一下，示意我跟随他游到岸边去。我们上岸时，他用干毛巾将我包裹，紧紧抱住我，直到我的牙齿不再打架。这就是汤姆的特别之处：他总是让我感到安全和温暖。然而现在，我极度需要安全感的时候，他却不复存在。

“OK，那好，不然我越想回避他的名字，没准还说得越多。总之，亲爱的，怎么不去别的什么地方，比如夏威夷？不行，那里太浪漫，那可不太好……嗯。”

“爸，我还在呢！”我提醒他。他总是自言自语，年纪越大越严重。

“抱歉，孩子。噢！我知道了，波多黎各。去波多黎各，”他说，“那是我和你母亲去过的最美的海滩，在一座叫威克斯的小破岛南侧。”

“真的吗？”我问。他有时候就是这样——突然告诉我一段他和母亲的故事，以前从来没有提过，好像专门为了等待某个合适的时机似的。

“没错。那时候海军部队还在，但当地人不怎么感兴趣。我从报纸上看到政府几年前撤走了。总之，除非有什么新变化，不然那里不会是情侣度假之选，但景色相当好。有一处海湾的海水夜间也明亮清澈，岸边遍是自由奔跑的野马……你母亲总说想故地重游。”

“哈！”我说。父亲讲到夜间明亮清澈的海湾时声色感伤。不管怎样，威克斯激发了我的好奇心。

父亲继续说：“我觉得你会喜欢那里。每个人都能讲英语和西班牙语，很方便，而且那是美国国土，不需要担心换货币。当然我还是放心不下你独自旅行。也许保罗可以与你同行，或者你的朋友简。”他指洁西。

“爸，我会查查看。谢谢你的建议。”

“不用谢。你知道我爱你，对吧，丽比？”

我预感抽泣即将来临：“爸，我得挂电话了，但很快就能见到你，好吗？”

“希望如此，孩子。真的希望。”

我还是哭了，也再一次察觉到一线希望正穿越黑暗而来。毕竟父亲的建议可是自从刺伤汤姆以来最鼓舞人心的了。我的日子一天天倒计时，而我却整日在这座城市里浪费时间，所谓的前夫、有缘无分的情人、给我人生最坏消息的医生——他们都以为这里是家，但我没有必要留下来。而且，有那么一个美妙的地方，人们讲西班牙语，不需要出示护照，唯美的海滩给予你心灵的慰藉，为什么还要留在这里呢？当然，取消墨西哥的行程会损失一笔费用，但我不介意。死去时也无法带走身外之物。

是的，我要去这座名叫威克斯的小岛，去寻找母亲爱上它的原因。我可以即刻起程。

下楼准备前往机场时，汤姆竟然埋伏在那里。

“你要去哪里，丽比？”他说着，从公寓门正对的楼梯口迈出来。

我习惯性地微笑了一下，回过神时，意识到这个男人已经不再是我的战友，而更像是敌人。

“着火啦！”我大叫，记得曾经有文章指出这种方式能够在你受到攻击时最快获得援助。

“你别跑了。”他说，同时向后退了一步。也许他有些害怕，肯定是害怕我刚冤枉他纵火，可能还会从大衣里掏出厨房利器伤害他。

“你看！”我反驳道，试图快跑开溜。可是拖着两只大行李箱的我，这么做实在是个挑战。

看我马上要逃脱，汤姆大跨步上前抓住我的胳膊。我一把躲闪开，可是那只较大的行李箱晃得很厉害。不幸的是，我的手还死死抓住箱柄，一瞬间，“咣，咣，咣——”我腹部着地，从楼梯上摔下去，粗糙的合成材料地毯刮擦着腹部的刀口。我咬紧牙关，克制自己不要因为疼痛而流泪。最终我和箱子滚成一团在一楼公寓处着陆。

有个邻居把头伸出房门，可能想闹清楚早上八点钟谁在外面瞎折腾。我记得他叫比尔还是威尔来着。

“哈喽？”他说。然后看向地上的我，“噢！你还好吗？”

这时候，我眼睛余光看到汤姆赶下来。“救命！”我叫道，“我前夫要杀我！”

“算了吧，丽比！”汤姆说，他费力地提着我另一只行李箱。

我努力站了起来。剧烈的疼痛感从腹部蔓延开来。可以肯定的是，手术刀口的缝合线挣开了一半，但我总归要学着适应疼痛。也许机场的布鲁克斯通连锁商店有卖自我催眠的 CD 吧。

“我该叫人帮助你吗？”比尔·威尔问，同时扫了扫站在我旁边的汤姆。

“除非你又听见我求救。”我说。接着转向汤姆，张大嘴笑了笑，嘴角微弯上扬，笑得很诡异，像马戏团小丑。

邻居关了门。我打赌他肯定还在门后听我们的动静，等着看我们的婚姻冲突最终发展为喜剧还是悲剧。

“丽比，”汤姆警告道，“请别这样。我只是想和你谈谈。我需要你明白这不是你的错。你的行为让我以为你并不明白。我觉得你应该看看心理师。”

“我的错？”我接住他的话，“我的错？我怎么就给你留下了这样的印象，认为我觉得你喜欢男人是我的错？”

“我们可不可以到别处去谈？比如咱们的公寓？”他听起来很恼怒。

“你看，问题来了。”我说。腹部实在疼痛难忍，而这很难与对汤姆的愤恨分离开来。“你总是在我不想谈话的时候坚持要和我谈。你告诉我我应该看心理师。你就是一个控制狂，汤姆，你认为结束我们的婚姻也是你可以控制的。不过，我要告诉你：都结束了。我怎么处理完全由我说了算。我！”我喊道，心中又惦念起我的侄子们，“不是你。”

他看起来很吃惊，就像我用叉子扎他时的表情一样：“我很抱歉，丽比。我只是想着能帮到你一些，才叫你看心理师。你确实应该看一下。你的行为太反常。”

“你了解的那个丽比已经死了，汤姆，”我说，“对了，门锁换了。我回来后会找离婚律师，在那之前你恐怕得另找住处了。”

我拽过行李，非常笨拙地走出前门，走到侧街路边。然后把手指放进嘴里吹口哨，招呼等候我去奥黑尔国际机场的的士。生命余下的部分等待着我，而我不想迟到。

11

我的妈啊！酒精真是太强大了。虽然不确定自己喜不喜欢，反正快要去见上帝了，喝喝也没什么大碍。以前一直对酒精没什么感觉，不讨厌也谈不上喜欢，除了偶尔喝点啤酒或是庆祝活动时来杯香槟，大部分时候我都避免喝酒，因为汤姆的父亲酒精成瘾，不是小酌怡情，而是很严重的酒精依赖。我有轻微的醉意都会让汤姆不舒服。

不过他的担心不再是我的顾虑了。离登机还有整整两小时，于是我决定做点不像丽比做的事：走进机场酒吧，坐下，告诉酒保给我来杯他平时会给自己调制的鸡尾酒。（事后回想，这么做并非明智之举，从他脸颊的蜘蛛状毛细血管可以看出，他平日一定总和高度酒精为伴。）“有故事的马丁尼。”他说着，把一些东西倒进银色鸡尾酒混合器摇晃起来，然后倒入一只看起来较小的鸡尾酒杯，酒水满溢出来。我不知道自己要怎么办，像马丁尼一样苦涩而满是药味，于是准备开喝，好像每一口都会更开胃。不过果真如此。

五分钟后，一杯下肚。接着又点了一杯，我感觉到酒吧房间开始有一点倾斜，于是这次喝时放慢了速度。

杜松子酒带来的愉悦感比汤姆的安眠药温柔得多（虽然我还是带着安眠药，以防万一）。另外，我很清楚假如喝完第二杯，随身行李肯定无法随我到登机闸口了。于是剩下半杯酒，付了账单，便朝航站楼溜达过去了。

很多人认为奥黑尔国际机场如诗人但丁所描述的地狱一样糟糕，但我不介意。这里的书店挺不错，食物至少还有不那么差劲的，虽然偶尔遇见一个激动尖叫的旅客，但大部分路人都保持着有距离的友好，那种典型的美国中西部风格。而且离我登机闸口不算太远的地方有家布鲁克斯通连锁商店，出售很多自我催眠的 CD，不过我也没有必要再购买录有舒缓的海水之声的 CD 了，因为第二天一早我就抵达真正的海滩了。我索性一屁股坐在按摩椅上，胃里的马丁尼又翻滚起来。

刚闭起双眼就听到有人从老远尖声叫喊我的名字：“丽比？！丽比·罗斯·米勒，是你吗？”

不，肯定不是叫我，我想着，使劲往下缩，甚至无奈到试图让座椅背转过去。天哪，它牢固得钉在地上。于是我睁开眼睛，确认自己听到的是真的。这很滑稽，不是吗？即便一个人体重大幅增加或减轻，抑或做了鼻子整形等改变自己容貌的事情，让人在拥挤的候机厅里难以辨认出他——但是，他一开口你就立马听得出他是谁。虽然至少十五年没见过玛克辛·盖恩斯，但仅仅需要听到她叫我名字的第一个音节，我就能准确分辨是谁穿过一堆按摩椅在叫我呢。

她朝我冲过来，我犹疑地站起来朝她打招呼。“丽比，OMG！这么多年过去了，竟然在这里撞见你，太不可思议了！”她尖叫道。

我虽然过分信任某些人，可是像她这种故意避开正常说话，非要用缩略字母的人，我还是不给予信任的好。“是啊，不可思议。”我说。

玛克辛和我是高中好友，她的性格非常讨人厌，也许我是为数不多的能够容忍她的人之一。她那超级做作的老好人行为让我这个虔诚的基督女孩看似不良少年，差点成了放学留校批评的对象。自从她去东部读大学，我们就失去了联系，我一点也不觉得遗憾。她会时不时含糊地表示她所在的大学其实是著名的普林斯顿大学，尽管在几年前我接受了她在社交媒体上的好友邀请，当时我还不太了解线上好友关系那种模糊、被动的运作方式。

“我其实一直惦念着你！还在芝加哥吗？”

“不怎么在，”我说，“现在可以说在两大陆之间。”

“哇！我觉得住在纽约很刺激。还有，我还等着某天撞见保罗呢。我大概就住在 UWS（纽约上西区）他和查理住的那个街区附近。”她的语气告诉我她很满意自己进入常春藤名校，自豪自己的纽约人身份，但让她惊讶的是我哥哥的伴侣竟然是网络电视热门犯罪片中的演员。

玛克辛瞄着我去掉婚戒的无名指，正巧我瞄见她手上晃动的一大颗订婚钻戒，这我已经在她主页看到过特写。“我看到你跟汤姆之间结束了，”她说着，一面噘着嘴闷闷不乐地问，“你还好吗？”

我僵硬地笑笑：“我很好。人会变的。”我其实不相信这一点，不过就我目前的状况，我期待有所改变，这也充分模糊地解释了为何我的婚姻会是如此的结局。

“哦？是吗？”她应道，动漫人物似的大眼睛睁得更大。

“是的，会变。”我说。

她的半副笑容变得充满怜悯：“如果你这么认为。”

“我就是这么认为。这的确是我说的。”

我一直等着她宣布必须去赶飞机了，但她只是站着打量我。

“我其实一直对汤姆有点不信任，如果说出来你觉得好受些。他出轨了？”她问道，描得很深的眉毛扬了扬。

当时我嗓子里正巧发出轻微的咕噜声，她貌似以为是我强忍着不哭罢了。

“噢，丽比，”她一面说，一面靠过来想抱抱我，“我虽然不知道为什么上帝允许此等遭遇发生在你身上，但我会为你祈祷的。”

她正试图抱紧我时，我决定启用美国宪法第四条修正案规定的权利来保护自身免受非法搜查与扣押，于是牙齿就落在她肩胛骨上了。

她立刻狠狠地推开我：“我的天，你刚是咬我呢！”

“咬你？”我说着，一面高兴地炫耀起虎牙来，“哎，玛克辛。或许人是不会变的。”我说完摇摇头，坐回到按摩椅上，“现在，要是你不介意，我登机前往天堂之前，需要放松几分钟。我会告诉保罗在纽约上、西、区注意看着点你，”我放慢语速专门强调了每一个字，“再见吧！”

她张开了嘴，又闭上，然后离开了。我实在没法要求比这更好的结局了。

即便如此，玛克辛离开后我心中的难过与愤怒仍然强烈纠结着。人的确会变，我就是例证。虽然谈不上有无尽的亲和力，但曾经的我被亲朋好友和宾客们欢迎，参加朋友的婚礼时，不论坐在喃喃自语的老奶奶身边，还是色眯眯的大叔旁，散席后大家都认为我是席间伴侣之楷模。然而就在上一周，几乎我与每个人的相处都糟糕透顶——更严重的是，这种行为让人上瘾。即便当时的直言不讳甚至偶尔咄咄逼人让我很有快感，可是结束后我却为自己的行为而羞愧。我需要回归到较为美好的自己，免得玷污大家记忆中我的正面形象。上帝若乐意，我想在威克斯的海滩，在陌生人的包围下，寻求超脱。假如他们还算通情达理，便会保持缄默，将我淡忘。

我确保玛克辛已经走远，便朝登机闸门踱步而去。漫长的一段时间后，终于登机了。我要求坐在靠窗的位置，飞机缓缓上升到芝加哥上空，飞越密歇根湖，我的脸颊贴着窗玻璃凝望渐渐消失的天际线。

美极了，密歇根湖——世界上最大的淡水湖之一，如此浩瀚。倘若不知是湖，航空旅客们很容易把它当作大海。汤姆和我二十岁出头时搬来芝加哥，我夜夜让他载我去湖滨大道，虽然油费给我们本就拮据的生活预算再添冰霜，他的破旧老车也总不听使唤，但他还是带我去，因为他也为这浩渺的湖水倾心。白日黑夜川流不息的车流，灯火闪耀的摩天大楼鳞次栉比与天空相衬，无限壮美的西岸湖滨——这些都是我们童年记忆中不曾有的画面。城市，是我们未来的开始。

我购买了一张前往波多黎各圣胡安的单程机票，一张从圣胡安前往威克斯的单程机票。一个月后，可能直接飞往纽约。假如能如愿远程出售我的公寓，那就再也不需要回芝加哥了。飞机不断上升，直至密歇根湖最终在云层下消失不见。我发现自己正在祈祷——希望很快有一天，我不再觉得失去了什么。

几小时后，飞机划过那生动鲜明的绿松石般的波浪，送我抵达圣胡安国际机场。

机场门口有个男人举着一块手写牌迎接我。深色的鬈发和古铜色的肌肤让他看起来很像拉美人，然而他并没有什么西班牙口音。“你是丽比·米勒？太好了！”他的语气让人分辨不清是诚恳抑或调侃。

虽然我们在室内，他却戴着宽边弧形太阳眼镜，其实有点多余。他接过我的随身行李:“咱们先去取你的托运行李,然后去柏油跑道上转机。”

“柏油跑道？”我问。感谢我的新朋友杜松子酒，加之极度疲惫，飞机起飞不久我就睡着了，而且大部分行程都一直睡着。现在我感觉嘴唇像棉花似的,伴随一阵阵剧烈的头痛,说起话来像二年级的小学生。

“私人飞机使用的跑道和商业飞机不同,而且通常没有登机闸门。”他说，“你预订了去威克斯的专机，对吧？”

“对。”我一面说，一面按摩起太阳穴。

“很好。你需要上厕所或别的吗？飞机上没有厕所。”

“我还好。”我说，即便过去的一周并不是我的真实状态。我尾随他来到行李领取处。拿到行李后，我们穿过几个大厅，终于到达一个安检站点，穿制服的女安检员根本没怎么看我的许可证。我们顺着楼梯下到室外，停机坪水泥路面炙热无比。飞机发动机咆哮的气流冲上半空，我用双手捂住耳朵。男人指向停机坪边上一辆破旧的皮卡，示意那是我们要去的地方。

到达皮卡处时，他把我的行李箱往拖斗里一扔，然后为我打开乘客车门。车上没有印刷航空公司的名字，我有点迟疑，想到保罗曾经责怪我不够谨慎。呃，我一面想着，一面谢过他，然后上了车。并非我想错过假日时光，不过“死神”已经潜伏在幕后了。假如这人想把我带到一个与世隔绝的海滩然后勒死我——虽然可能性极低，因为他貌似根本没把我的存在太放在心上——这种死法可能不比死于过度兴奋糟糕。

我以为车上会有空调，可惜他只是把车窗摇下来。接下来的几分钟里，我就当是为眼前的棕榈树所吸引，心里还想着别出太多汗，不然看起来像尿裤子了似的。我们在一条飞机跑道边停下，这里停着一排飞机。他提着我的行李走向一架小型飞机。好吧——这飞机小到可以轻而易举地停在郊区住宅的私人车道上。他把飞机右侧较好的一块嵌板拉下来，突然间我明白了保罗为何如此害怕乘坐私人飞机：这家伙就好像一只锡纸罐插了两根翅膀，我马上就要被它扔上天了。

他顺着嵌板上摇摇晃晃快散架的台阶上飞机，两手提着行李箱。到达顶部时，转过头问："上来吗？"

我看了看他，感到困惑。周围再没有其他人。"飞行员呢？"我问。

"远在天边近在眼前。"他说。的确如此，而且他穿着防滑夹板鞋和卡其色短裤，亚麻衬衫比较老旧，估计再洗两次就是破布了。我可能又无意中缩了缩脖子想临阵脱逃，因为他对我说："哎，你看，我在帮你忙。今天我休息，本来可以拒绝接送你，那你也许只能坐渡轮去了。这种大风天气，除非你想把午饭都呕吐出来，否则才不会想坐渡轮去。"

我不确定自己是被窘到了还是恼到了。"我没吃午饭，"我说，"不过我想，我应该谢谢你。"我随他爬上飞机，"我是唯一的乘客？"

"是的。"他说。他转过来朝向我，终于取下了太阳镜。深褐色双眸恰与我的目光交会。然后他就这么盯着我，貌似超过了一般社交可接受的时长（不过既然他这么做了，我也没有转移目光看向其他地方）。他转回去戴上太阳镜时，某种奇怪的感觉开始在我内心酝酿。"随便坐。"他说。

"好的。"我有气无力地说。其实只有几个座位可以选择，我选了他后面靠右的座位。这里视野不错，可以看到驾驶员座舱窗户和侧面窗户以外的风景。遮光帘牢固就位后，他转过来和我交代了紧急措施程序，其实无非就是系紧安全带并做个祷告。又递给我一副防噪声耳机。“虽然行程很短，二十五分钟，但会很吵。波多黎各的秋季是旅游旺季，得花点工夫才能出圣胡安。”

他没开玩笑。我们在跑道上等了至少一小时，汗珠大颗大颗地从我 T 恤的沟壑上印出来，牛仔裤像纸一样糊在大腿上。我抱怨自己在航站楼里时没换身裙子，又嫌弃自己太过在意。毕竟我有更重要的事要做，这时候顾不得出汗和体味了，而且以后再也不会见到这个自称是飞行员的男人了。

即便如此，我还是无所事事，于是就一直偷偷看他。辨别不清他的年龄，发际线刚刚开始后退，鬓角有些许灰发，两颊仍轻微留有痘痕，看起来有种少年之气。他朝前坐着，一言不发。虽然我的目标是没人打扰，现在看来，我胜利了，但并不怎么享受胜利的果实。

终于，他通过耳机系统说了点什么，然后转头朝我喊过来：“绿灯。我们要起飞了。”

飞机开始上升。又一次，我发现自己在绿松石般的大海上空，凝视着广袤的碧海蓝天和长长的黄色沙滩，波多黎各的东北海岸。好奇心驱使我急切地想要知道更多，我还没来得及买本旅游攻略——这名飞行员证实了他是个水平极差的导游。“下面那里就是热带雨林，但从这里其实看不到什么……”他低沉地说，“你右手边是法哈多港，渡轮从那里出发……远处那片隆起的陆地是库莱布拉岛。”

飞行高度有点神奇：我们飞离地面，盘旋于空中，却感觉离海面很近很近，能够看到下方船只上的乘客。除了玛克辛，我的头痛，以及过去一周的不愉快，我的精神状态突然好得不得了。最近做错过很多决定，但这次旅行肯定不在其中。

飞机开始降落时，我们离水面更近了，飞行员侧过脸从肩膀上看过来，喊道："这感觉是不是很爽？"

"是的！"我喊回去，"我喜欢远离喧嚣的世界！"

他微笑道："是啊！"

突然被这种新鲜的健康感觉包围，我好像坦然宽心了，甚至社交欲望油然而生："对了，我没记下你的名字。"

"夏洛。"他喊道。

听起来很特别——我还没来得及思考，就听见响亮的砰砰声，接着是撕裂声，同时飞机开始左右摇晃起来。

霎时间，肾上腺素在血管里猛冲，胃酸已然漫到咽喉。"那是什么？"我看到窗外一股不祥的黑烟从某个不明部位翻腾而出。

"没什么，"他说，但立马冲着头戴受话器喊起来，"加里布航空七三二。紧急呼叫。飞鸟冲撞进气口。请求威克斯降落。或实施水上迫降。预警海防部。"

我们开始极速下坠。某一刻我突然特别害怕起来，微妙极了。我从口袋掏出手机，给保罗发了信息：我爱你。XOXO。接着，在头脑非常不清醒的状态下，赶紧给汤姆也发了同一条短信，加了一句：没关系了。在我即将粉身碎骨之时大赦于他。本想给父亲打个电话，因为他不发短信，可考虑到坠入大海时我肯定会惨烈尖叫，还是不要让他听到为好。

这个叫夏洛的男人又对我喊道：“系紧安全带，双臂环抱头部，弯腰蜷向双腿。快！”

飞机猛冲向海面时，我脑海中只闪过一个念想，而这显然让我成了十足的骗子。

说什么不在乎会被他勒死，准备好了再去见母亲……谎言，该死的谎言。

不，我祈求上帝创造奇迹，我的想法清晰明确：我不想死。

12

飞机笨拙地滑翔，直到撞上什么东西——是地面还是海面，随即断裂开。我的头猛冲向前排椅背，接着跟随左倾的机身弹了回来。我屏住呼吸，等待最坏的结果，引擎爆炸，海水涌入，我将葬身于水之坟墓。但一切都很平静，除了些许模糊的隆隆声从飞机前部传来。

夏洛呐喊了一声，然后转过来对我说：“我们成功啦！你还好吗？”

“我还好吗？你在逗我呢？”我粗鲁地说。本世纪最不夸张地说，他那欢呼雀跃的样子着实惹恼了我。“你差点害死我们！我们差点死了！”

他解开安全带，然后转身帮我解开，好像我是个孩子。“我们得赶紧离开，以免引擎爆炸。还有，为准确起见，”他附加道，同时迅速打开嵌板门，把我推下台阶，“一大群鹈鹕扎堆想鸟瞰飞机螺旋桨，是它们差点害死咱们。我这是救了你的命。你知道这么毫无警示就降落在沙滩边上有多难吗？假如我们在空中多待两分钟，我若试图飞到机场迫降，恐怕你现在已经沦为鱼食了。”

他一面喋喋不休，一面把我从迫降位置的浅水滩拽上岸。我回头望去，飞机在冒烟。这一刻，我竟猛然甩开他的手，开始朝沙滩跑去——

以防上帝还没确定是否准许我在这星球上多活几个月。

“嘿！”夏洛喊道，跟在我后面跑着，“等等我！”等沙地逐渐变为斑秃的草丛时，我感觉自己已经安全，于是瘫软在地上。夏洛小跑上来，他脸上有一细绺鲜血。

“你好像在流鼻血。”我一面说，一面挡住自己的脸，免得他凑得太近。

他伸手摸了摸：“真的是。”于是抓起衬衫一角擦了擦，然后坐在我旁边，向后仰起头，用手捏住鼻梁，“谢了。”

我环抱双膝靠向胸前，企图阻止自己颤抖：“没关系。所以……现在怎么办？”

“现在我们等待。我们降落在海军驻地旧部，这里尚未对公众开放，控制塔知道我们要坠机，所以你最好相信我们不会在这里待很久。”他正过头来，摘下太阳镜观察我，“丽兹，你还好吗？”

我们的目光再次交会，这次并没有激发出我内心某种奇怪的感觉，从某种程度上来说，这再次告诉我，眼前的情形并不是一场噩梦，反而是真真切切的现实。然而，现实的结果，并不尽如我意。“丽比！”我毫不客气地说，“我的名字叫丽比！”接着似乎突然停止了呼吸。

过去从没有经历过惊恐发作。若是早知晓这种症状会让人胸口纠结，呼吸困难，那我还不如自己跑到灌木丛中悄悄羞辱我自己好了。天哪，我不知自己怎么了，气喘吁吁地抓挠自己的身体。夏洛在一旁饶有兴致地观望着，并不担心，并不消遣，仅仅是有兴致，就好似我是一部大自然的纪录片，他正巧在切换电视频道时停在了我的频道。

意识到我因惊恐而濒临窒息，他便开始轻拍我后背。我难过的时候汤姆总会这样，所以我允许夏洛继续。“噢，噢这里，没关系了，丽比。”他尽可能清晰地说出我的名字，确保我知道这次他说对了，“我很确定这是怎么一回事，这是惊恐发作。我和你一起经历的情形相当可怕，我非常抱歉。”

惊恐发作？我实在不敢相信，但又没能说出我的想法。

“你看——”他说，一只手继续拍着我，另一只手指向远处一条土路。我斜看向他指的方向，努力想看清楚，但是大脑缺氧让这很难实现。

过了一会儿，我看到了——父亲告诉我的那群不羁的野马，一共四匹。它们雄浑潇洒地飞驰过树林间的一片开阔区域，又小跑过那条狭窄的土路，随即消失在尽头，和它们出现时一样快。顷刻间，我的惊恐发作也消失了。

“哇！”我不禁轻声叹道。

“你感觉好些了？”夏洛微笑着说。他没有戴太阳镜，可以看出他的微笑是真诚的。

“是的。”我表示同意。

“转移注意力。每次都很灵。我从一位老朋友那里学到的，有段时间我很难平静应对困局。”

我好像脸红了：“谢谢。我很抱歉朝你吼叫。我只是不想死。我骗自己死亡其实没什么，以为自己会坦然面对，但是现在我确定自己想错了。我真的只想活着，你懂吗？”我的话有点让人摸不着头脑，但还是一股脑地说了很多。

夏洛好奇地望着我：“但是你还活着，没有死。”

“就快死了，”我解释道，“我得癌症了。”突然一股解脱的爽快涌上心间，我把这个最坏的消息分享给了面前的陌生人。

“晕。”他说，接着低声吹了个口哨说，“太糟了。”

“是啊。而且不是害死我母亲的卵巢癌，是一种极其罕见的癌症，对我这个年龄的女性极为致命。我才二十九岁。”我饶有心机地加了一句。发现自己的惊恐发作确实已经结束。

他咯咯笑道：“你看，我还以为你才二十二岁呢。”

“说得没错，我承认。”我想试探地问问他的年龄——现在我猜他有四十来岁，不过即便他知道了我糟糕的秘密，还被允许拍我的背，也并不代表我会放松警惕。

一辆政府的卡车和一辆海防巡逻车几乎同时出现在海岸进行搜寻。一位警官从卡车里下来，走向我们。“你是飞行员？”他问夏洛。夏洛点点头。警官掏出一个本子，开始问问题，我则开起小差。保罗和汤姆都已回电，但我没有接，我不确定该如何回应他们。保罗可能吓到了，但若是发现我只身一人来到波多黎各却没有告诉他，肯定会更震惊。至于汤姆——好吧，我根本不想理会他。

“女士，您要去哪儿？”警官问我。

我差点记不起自己的中间名，更不用说记得行程表了。于是拿过手机，翻开电邮。“去租车公司，”我看到预订确认信息后，告诉他，“我应该去取我租的汽车。”

“我可以载您一程，如果您愿意。”他说。

我看了看夏洛。“你去吧，”夏洛说，“我还要和调度部及海防人员交涉。”

我扬起眉毛："所以现在你的交通工具只剩两条腿了，我不倾向与你乘坐同一辆汽车，也不是想要你陪我一起走。只是我现在闻起来像臭袜子，希望能拿回我的行李。"

他回头瞥了一眼飞机，飞机似乎不再闷闷冒烟了。"我去查看一下。"他小跑到海岸边，三两个海防队员漫无目的地转悠着。几分钟后他回来了，面带困意地说，"他们需要进行一些清理流程。所以你可能今晚才能拿到行李。但是没关系，你把留宿地址告诉我，我会确保公司把行李捎给你。"

我瞄了瞄自己脏兮兮的 T 恤，眉头一皱："这是我唯一的选择吗？"

"恐怕是的。"

"好吧。"我正掏手机查看海滨住宅的地址时，电话响了。呸。"天哪，是汤姆。"我喃喃低语道。

"汤姆是你男朋友？"夏洛问。

我一下窘得脸红，被人听到我自言自语："呃，不是。他不是。"我们再次目光交会，不过这一回，我立刻逃开了他的视线。因为这个男人——差点就害死我的男人，他很迷人——如果你喜欢健硕的肌肉，沧桑的那种。而我脸上的表情显然告诉他我被他吸引了。

还好我再也不会见到他了。

13

“这是您第一次来威克斯？”警官问。

“你怎么看出来的？”我喊道，脑袋一半伸到车窗外，正如一只在野外的狗窝里待了一周才回家的狗。威克斯的草木丰茂青翠，唯美而纯粹，少有人类涉足。沿路和不远处的小丘壑上零星点缀着几处煤渣砖房，偶尔也会路过杂货铺和餐馆。总体来说，这里绵延数英里掩藏在大海中的幽闭静谧，即是天堂。

“祝您好运。”警官把我送到租车公司时说。

“感谢！”我用西班牙语回应道。

我租了一辆吉普车，旅游攻略上说这里基本上只有四驱车能驾驭得了一路上的坑坑洼洼。我几乎从来不开车，汤姆喜欢，就成全他。我自己一人时便搭乘公共交通或计程车。我现在才意识到我给自己帮了多大的倒忙。慢腾腾上路时，其他司机从我边上嗖嗖地闪过，时速起码在一百三十公里。我的神经绷得很紧，双手开始颤抖。在没有导航仪和只有一张纸质地图做参考的情况下，我一再转错路口，差点把自己开进一个沟渠，然后熄火不开了。就在这时，我突然看到了我苦苦找寻的路牌。

那是一块手写的木牌，有点像人们在度假屋前挂的牌子——幽居之路，随心所欲——这块路牌写着“蔷薇街”。这是一条较长的土路，掩盖在苍翠的树木和葡萄藤之下。往里再走大约半英里，我找到了私人车道。沿路转上去，便看到远方的景色：我向往已久的那片海滩。

我把吉普停靠在车道下沿，从车上爬下来，大步走向我即将留宿的旧粉色灰泥屋舍，鞋子与碎石路面摩擦作响。

“你终于来了。”

看到有个老太太突然从房前某棵高大的棕榈树后出现时，我下意识地跳了一下。

她大笑起来，笑声宛如玻璃杯打碎在水泥路面。“我逗你呢！你是丽比不是？”

“是的，”说着，我与她握手，“您是米拉格罗斯？”

我的手指触到她柔软而多褶皱的肌肤。“哎，外国妞，”她用西班牙语特别的颤音说，“米——拉——格罗斯。”

“米拉格罗斯。”我随即跟着纠正自己的发音，试图不在她面前皱眉头，毕竟她可是我未来一个月的房东呢。

她笑了，露出两排牙齿：“很好！一切都会很好，姑娘，来吧。”她话语里夹杂着西语，伸手招呼我随她继续往车道深处走。

“刚才那座房子不是我要住的地方吗？”我指向它问着。

“不，那是我的房子。”她带我来到房子背后，经过一段蜿蜒小径，直到来到一座和刚才几乎一样风格的房子，只是这一座明显小很多（从支离破碎的墙皮和起伏不平的金属屋顶可以断言，这座住宅可以称为豪华棚屋）。“这里，”她说，然后打开一扇精致的铁门，“是你的。”她把钥匙交给我，让我进屋看一看。

屋内有一小间客厅，卧室很袖珍，还有一间厨房可用。厨房背后有一面巨大的玻璃门廊，面朝大海和沙滩开放。这是我选择在这儿居住的全部原因，也是和网上那组照片里的景象唯一吻合的地方。

米拉格罗斯双手交叉在胸前打量着我：“你不喜欢？”

“这里很完美。”

她微笑道：“很好。因为你已经付过款，我不退钱的。”

我询问浴室的情况，到目前为止还没看到浴室。她引导我去卧室边上的一扇小门，我往里看了看，试图屏住呼吸。里面像是过于华丽的清洁间，配有一个水池和马桶，看起来像学龄儿童专用。

“嗯……”

“没有浴室。”米拉格罗斯说。

我叹了口气。结果不幸地吸入了空气中我的汗臭味。

米拉格罗斯大笑。“你太容易上当了，丽比！”她说着拍了拍臀部，“浴室是最精彩的部分，跟我来。”

她开启厨房尽头的一扇门，那里通往一片幽静的花园，四周由灰泥墙环绕，墙壁和房子本身一样高。花园虽然不大，但足以称为飞鸟的天堂，到处装点着美丽的兰花和其他我从来没见过的热带植物。花园尽头最靠近海滩的地方，有一处水泥隔间。我走进去，发现这是一间宽阔的镶有亮蓝色瓷砖的室外浴室，它提醒了我刚刚恢复单身——这里有两个巨大的淋浴喷头。

“这里安全吗？”我问米拉格罗斯。

她噘了噘嘴：“这世上没有什么是安全的，姑娘。不过谁要是想翻过高墙进入这花园，还得下不少功夫。我已经独自在这儿住了四十一年。一个单身女人，要懂得用脑子思考。我的天。”她说着，然后发出她那丛林般特有的笑声，“只要你是个女人，就要用脑子思考。别把钱包挂在椅背上，别戴珠宝首饰去海滩，别拿着钱四处炫耀。”她打量着我，“你还好吗？”

我意识到，自己已经不那么热了。“只是需要坐下来。”我告诉她。除了刚刚与死神擦肩而过，我从什么时候起已经没正经吃饭了？昨天？想不起来上次是什么时候吃的饭。这也许是我三十四年来头一回想不起来。

“这里，”米拉格罗斯说，一面带领我到后面门廊处的沙发，“坐吧。我一会儿回来。”

我团坐在沙发里，环视周遭。这里是典型的加勒比风格，老旧的柳条编织家具和花朵图案靠枕，糖果色墙壁，墙上挂着低档印制图片：贝壳、船只、日落。汤姆若是在这儿待上一晚，可能要发疯了。不过我喜欢这样的地方。

米拉格罗斯带着一杯冰水回来，她把水杯硬塞给我，让我喝了它。椰子水！还有什么比它更可口？

“现在，吃点这个。”在我喝完后她说道，递给我一盘涂抹着薄薄的一层橘红色沙司的薄脆饼。

“这是番石榴吗？”我问，嘴里已经塞满脆饼。

她点点头：“我在冰箱里放了新鲜水果和牛奶，咖啡和麦片在橱柜里。需要买东西的话，离这儿不到两公里的地方有处杂货铺，不过有一家更好的在依思佩朗莎镇。我也可以告诉你威克斯的餐厅的地址，假如你不太确定，都可以问我。现在好些了吗，姑娘？”

“好很多了，”我请她放心，“谢谢你。现在，我实在不好意思问，但是你能借给我一件T恤吗？”

米拉格罗斯离开后我就立马进浴室了。虽然水流让我的伤口绞痛难耐，唯一的浴室用品也仅仅是我从浴室水池抓过来的肥皂。我让自己一直这么冲啊冲，直到几乎没有阳光照进露天浴室了。多么戏剧的一天。多么戏剧性的一周。我很感恩自己此时还活着，但不知怎么理解此刻矛盾的心情。我为自己能够独自离开芝加哥感到骄傲，我竟差点没能活到现在，我为接下来一个月天堂般的生活感到激动。

但是，只要一往深处想玛克辛的评论——我一直觉得汤姆不对劲——我就极度受伤害。她完全可以这么说：“丽比你太蠢了，高中时候我就知道他是同性恋！你怎么就没有察觉？”此结论成立。过去十年间，我夜夜睡在这个男人身边，过去二十年有余，一直把他当作我自己的。我真的真的相信他以丈夫爱妻子的方式爱着我的一切。

原来是我错了。

再多改善沟通和夫妻情感的咨询也无法解决我们之间的问题。汤姆和我结束了。绝对，毫无挽回余地。我越想越觉得之前在咖啡馆和珍妮特说的一点没错，汤姆虽然没死，但对我来说绝对像是死了。

我从浴室出来，裹着一块从衣柜里找来的僵硬浴巾。穿过厨房中央时，突然感觉有什么东西在我视线边上闪过。

我下意识地躲到餐台后面，餐台将厨房和小餐厅分隔开。

“你可以起来了，”一个机警的声音说道，“是我。”

我？这说明我认识我的袭击者？我想通常来说是这个意思。

“夏洛。”他说。

“好吧，我感觉你会很高兴见到我。”他说，“好消息是，你的行李在这儿。所以你可以换上干净的衣服了。”

我缓慢起身，本想瞄一眼能否有机会快速跑到卧室而不被发现，结果却让我尖叫，因为夏洛竟然已经走到跟前从上往下打量我了。“你在干什么呢？”他问。

我把胸前的浴巾拽得更紧。“首先，你想让我们的飞机坠毁，现在又想给我一个突发动脉梗塞，你就这样不请自入了？我要是赤身露体呢？”我愤恨地说，即便此刻心里在责怪自己忘记锁纱窗门，而且米拉格罗斯刚刚提醒过我要谨慎。

“我有点不明白，”他咯咯笑着，“这听起来好像不算什么好事？”

“无赖。”我还嘴道。虽然我并没有觉得被他威胁到。（保罗可能会认为我阅人识事的水平太差。他告诉我他的前男友查尔斯·曼森是多么糟糕的一个人，可是我觉得，他无非有点小肚鸡肠，也许会小小报复一下保罗。“其实查尔斯也不是一无是处。”我这么和保罗评价时，他简直埋怨死我了。）

“说得没错，我承认，”夏洛借用我今天早些时候对他说的话，“不过恰巧是这个无赖带来了你的东西。否则四十八个小时内你都得穿着又脏又臭的衣服。其他人都没空送过来。”

“正如你冒昧地看到，我已经洗完澡，闻起来挺清爽，多谢你了。”我怀疑地看了他一眼，“希望你这么做并不是因为为我感到难过。因为你知道我……嗯，你知道。”

他斜着身闻了闻我——这个张狂的家伙！“你闻起来确实好多了，还有，不是的，我给你送行李并不是因为‘你知道’。我恰好是个正经的好人。”他环顾四周，“所以你在岛上的计划是怎样的？你来这里约了人？叫汤姆的那个人会来岛上吗？”

我伸伸下巴，可能还噘了噘嘴：“他必须不能来。”

“很好，因为他打电话给你时，你好像并不很高兴。今晚晚餐有什么计划？”

“冰箱里随便找点吃的，”我说，“鉴于今天濒临死亡的体验，现在没什么心情出去。”

他似笑非笑地说：“生活就是一场濒临死亡的体验。那就如你所愿。”他浅浅地加了一句，似乎我刚才拒绝了他并没有明确提出的晚餐邀请，“你的行李在门廊那儿。回头见，丽比。”

我张开嘴想说点什么，可是他已经离开。

14

说实话，他不仅在一天之内连续两次把我吓到差点尿裤子，还特意来告诉我，加勒比海坠机——更不用说恶性肿瘤消磨我的生命——和日常生活中的不愉快并没有什么本质上的区别。

好吧，这个精悍的飞行员真是运气好，我没有自卫袭击他，第二天早上我这么想道。现在心情好多了，理性地脱下昨晚睡觉穿的那件T恤，站在卧室的镜子前。这是一件便宜的长T恤，哈哈镜似的镜面显得我腰很细，而刀口则被拉长，看起来比实际的要糟糕。几天前我把绷带拆下来，希望空气能对伤口恢复有好处，但是五厘米深的刀口仍然红肿不消。

换上我的泳衣，我命令自己不要再想夏洛和癌症，不要再想彼岸那些苦痛。我要去海滩，我要去享受。

这一回我记得米拉格罗斯的警告，把贵重的东西留在屋里，反复检查确保门锁上了。天色还早，海滩上除了一个身材超级健美的女人在光脚慢跑，再没有其他人。我把浴巾铺在沙滩上，就往海水里走。清凉的海浪冲刷着我的双腿，退回大海时它们变得有些温热，我继续往深处走。伤口开始刺痛，但我潜入浪头，决定与疼痛为伴，或许，至少学着忽略它。果然没那么难受了，于是再次潜下水面，当海水围住我时，我屏住呼吸，耳边满是海水与气泡闷钝的汩汩声。再浮出水面时，咸涩的海水流进嘴里。我感到神清气爽，自己还活着，不管是身体被癌细胞吞噬，还是什么别的情况，总归在一股新鲜氧气的作用下，我的身体平静了许多。至少在接下来的几个星期，我会过得挺好。

可是计划赶不上变化，米拉格罗斯身穿一件橙色短款家居服跑到沙滩上来，一路叫喊着我的名字。

好不情愿地，我从老远处赶回岸边。“什么事，米拉格罗斯？”她到达水陆交界处时，我问道。

“哎，丽比，我以为你要溺水了！拜托，注意安全。现在潮水很强大，你看到那些海浪了吗？”她一面说，一面指向远方。

“那些，好像至少在两公里开外。”

“它们会把你吸下去，”她坚持道，“别去深过肚脐的地方，除非周围有绳索围住。”

“好吧。”我说，忍着不去叹气，为计划失败而难受。电影女主角露莎引领我像海水一样将我的身体献给大自然，然而现实是，只可以在指定区域游泳。

“很好。噢，那，姑娘？每天六点我会在后院门廊喝点小酒，你要是愿意，可以一起。”

喝点小酒。这个女人事好多。“好吧，米拉格罗斯，”我答应道，“到时见。”

保罗遗传了我母亲立体的颧骨、深色头发和温和的肤色，而我与母亲的相似之处仅仅写在病例中。我苍白的皮肤，即便涂了极厚的防晒霜，仍然和靠近赤道的威克斯毫不相称。在海滩只待了一小时，就得被迫回屋去。我换上一件太阳裙，想让自己看起来体面漂亮，然后驱车前往依思佩朗莎。还没到中午，小镇就已经人头攒动，熙熙攘攘。夫妻和子女漫步着，或笑或闹，听起来都差不多。身着冲浪紧身衣的古铜色肌肤冲浪员手携冲浪板和冲浪风筝走向大海。情侣们伸长了胳膊欢乐地自拍，真叫人恶心。

我费了一番努力终于把车停在路边，然后全副武装，戴着宽檐太阳帽和太阳镜上路了。我不敢完全肯定，小镇的大部分区域是否仅为威克斯岛南部海岸的一条狭长地带。我从这条街区一头走到另一头，路过潜水用品店、小礼品柜台、铺有白桌布的餐厅，还有一排快餐卡车停在小镇与沙滩交界的草甸处。经过一番筛选，我选择了一家价位适中并有单独面海扶廊的餐厅。

“就您一个人？”女服务员问。

“就我自己。”我说。也许你觉得我知道怎样一个人用餐，但你想错了。虽然曾经无数次独自在公园长椅上吞食三明治，我却从未打算在正儿八经的餐厅里独自用餐。既然我将独自旅行一个月，正好可以学着适应。

我假装在研究菜单，但泪眼模糊，什么也看不清。服务员来听我点餐时，我未加思索地选择了第一样东西——手撕猪肉三明治和炸木薯条，管他是什么东西呢。她离开后，我环顾四周，好生尴尬。就和在机场酒吧里一样，我不知道自己该做点什么好，甚至都没想到从我带的书里拿一本过来。过了一阵儿，我的注意力停在了海面上，那里算是个凝神注目的合适之处。

或许度假放松是个坏主意。我满脑子都是厄运将至的想法，像这样的时候不计其数。看到一艘轮船驶离餐厅不远处的小码头时，我发现自己最后想到了母亲——那时她的情况还没有到最糟糕的程度。她辞掉小学教师的工作，开始集中精力调理身体，有更多时间和我们待在一起。那几个月里，她睡觉很频繁，还去做化疗。但每一天，保罗和我分别会与她有一小时的相处时间。她会和保罗出去散步，或到图书馆和连环漫画书店。她和我的下午时光则多是用来烘焙糕点，虽然我几乎没有见过她吃一口我们做的东西。

一个夏日午后——或许是好几个午后，记忆把它们重叠——我们并排站在厨房台面前做巧克力豆饼干。阳光流泻进黄色的小厨房，她的头发早已不见，头上围罩着一块象牙色围巾，加之厨房的灯光，她看起来就像天使一般。“秘诀是饼干放入烤箱之前，给它们每一片上都撒一点盐，”她悄悄在我耳边说，“记住这个，好吗，亲爱的丽比？”我没有意识到她是在为我以后的生活做准备，以后我的生活中再也没有她了。我并不想明白这一点。我以为一直都会是这样：她带我们去儿童游戏厅，然后和我们一起在床上睡着，带我们翘课穿越整个州去看她儿时玩耍的公园或湖畔沙滩。我没能理解她用那么多欢乐和幸福填饱我们，原来是为了让我们做好准备应对即将来临的幸福饥荒。

服务员肯定在我出神时把食物放在了我面前，可是她又返回来确认味道如何，这一下惊到了我。我低头扫视还未动过的食物，把一根看似苍白的木薯条塞进嘴里。

“还有什么比它更可口？”我对她说，但其实，我指的是与母亲一起做的巧克力豆饼干。

快吃完时，保罗来电话了。“你在哪儿？”他说。

“什么意思，我在哪儿？我在芝加哥。”我漫不经心地说，正巧有只大鸟落在游廊的扶栏上，发出一声极为夸张的热带雨林鸟叫。

“哦，是吗？”他干巴巴地说，“我是不是还要相信你刚刚买了一只巨嘴犀鸟？”

“呵呵，没有。”我还没准备告诉他我在哪里，感觉自己还很脆弱，假如告诉他点什么，恐怕会意外泄漏其他秘密，包括“癌”字打头“症”字结尾的秘密。回想刚才，我也许应该让保罗的电话自动转接到语音信箱，但我不想让他担心，尤其是昨天那条受惊时发出的短信息。

“丽比，别这样。好像你昨天又吓人又温馨的短信还不够警示我，现在又想说服我芝加哥被异国鸟兽所侵占？你知道我可以叫公司的技术员锁定你手机的地理位置，这只需要四秒钟。”

“我希望你在开玩笑，因为那样很变态。”

“比起被迫猜测你的想法来说，这一点也不变态。别折腾人了，丽宝。你在墨西哥吗？”

保罗比我聪明得多，他只用了两个月就在学校掌握了西班牙语，然后转去学汉语普通话。

我大声呼了口气，好让他察觉我迟到的愠怒。

“我在威克斯。”

“是在波哥大附近吗？”

“问你的技术员去。”

“丽宝，”他乐呵呵地说，“别这么古怪了，就给你挚爱的哥哥这点小恩惠，像待见小狗似的。”

“接住这个，小狗。我在古巴南部，多米尼加共和国。”

“波多黎各？你怎么跑去波多黎各了？希望现在你身边有个包间服务生。”

“刚才你听到的鸟叫声就是他。”

“丽宝越狱啦！”他高兴地说，“独自去度假。我为你感到骄傲。”

“多谢。我也为自己骄傲。只是在我赶往机场、试图高姿态删除汤姆时，竟然撞见了他。”

“喔……好意外。简直绝了。你打算在那里待多久？”

“我不知道。”我诚恳地说。

“你离开时，可以来纽约看我们吗？”保罗坚定地说。

“我会的。”

“太好啦！你让我一整周都好过多了，最近这事可不小，昨晚道琼斯暴跌二百点。”

我心中顿时难受起来，还没告诉他除了股价下跌，还有我的飞机暴跌坠落事件。不过，假如告诉他飞机的事，那么这些年他因恐惧坐飞机而接受的心理治疗就都白费了。所以我说：“有我在呢。”

保罗变得严肃起来：“你还好吗？如果你感觉不太好，完全没有关系，你知道吗？不需要每时每刻都精力旺盛。汤姆这家伙忒糟糕了。”

“我不是一直都精力旺盛。”我咕哝道。

“我听得到，亲爱的，我猜这算是一种进步。只是——稍等一下。”听得出他用官方口吻说了点什么，我突然意识到他正在上班。

“喂，我知道你很忙，”他回来通话时我说道，“咱们回头再聊。下次不会等太久才回你。”

“你最好别，”他斥责道，“总之，我想说的是，我爱你，查理、托比和麦克斯也都爱你。一切都会好起来。我保证。”

我差点从藤条椅上摔下来。假如保罗还期待用“我爱你多一些”的游戏换回那个只知道小猫咪和彩虹的天真女子，那我可就有麻烦了。

15

头一天晚上我并没有去和米拉格罗斯小酌，但是第二天晚上闲逛了过去，看到她在屋后的瓷砖露台里与一位上了年纪的男子聊天。

“很抱歉，”见到他们两人时我说道，“我不知道你已经有人做伴。”

她伸手招呼我加入。露台四周有一排盆栽水果树，五彩缤纷的兰花纷纷从枝杈里伸出来。“这是我的派对，每个人都受到邀请。丽比，我堂兄桑尼。桑尼，这位是丽比。”她指了指海滨小屋，说明我在这里的缘由，然后转过头假装对我耳语道，“桑尼是聋子。”

“米利！”桑尼大声抗议道。

米拉格罗斯重重地拍了拍他后背：“开个玩笑，桑尼！丽比，你想喝点什么？”

“我还好。”我说，不过她已经穿过露台走开了。我和桑尼分别坐在同一条木刻长椅的两头。

“嗨。”我说。

他面露喜悦。

“你住在附近吗？”我问道。

他突然大笑起来，好像我刚才讲了一个非常幽默的笑话。我咬着嘴唇想：他是在戏弄我吗？

“我没开玩笑，”米拉格罗斯从我后面过来，递给我一杯饮料，“这个人确实什么也听不到。如果他笑得露出假牙，说明他假装听到了。”

“喔。”我看了桑尼一眼，他冲我咯咯直笑，露出两排大瓷牙。

“呃，米利。”他说，然后便开始讲故事——至少我觉得他在讲故事，因为他说的是西班牙语。

米拉格罗斯和他一起咯咯笑着，偶尔插上一两句话。我也附和地笑着，正如一切人类在见证他人幸福开心之时所做的，即便那时那刻我充满了嫉妒。我想像他们俩一样，至少活到七老八十，那样我也能够和堂表亲们讲述我那曲折悠长的人生故事（虽然我其实不太喜欢他们，不过假若还能再活四十年，这个小问题也许就不攻自破了）。我好想有机会多生些皱纹，甚至变聋变瞎，那时我就不再在意世事变迁，因为可以满怀信心地确定，自己已经充分完整地活过，像年迈的老者那样。

“丽比，你真的需要学西班牙语。即便我试着翻译给你听，也无济于事。”米拉格罗斯一面对我说，一面用手背拭眼泪。

她说得对。一上午时间我漫无目的地探索海滨，刚把一堆贝壳装进兜里，脚趾扎进沙子，便瞄到海水中的一对男女，我确定他们在做爱。我开始思索，接下来的假期时光到底该做些什么（正如之前提到的，我在芝加哥跳上飞机之前根本没有想过这个问题）。当我拖着被太阳灼伤的屁股回到室内时，意识到在海滩闲逛原来如此浪费时间。

“我也正想学习西语呢，”我告诉米拉格罗斯，“你认识岛上的西语老师吗？”

“老师？老师？”她说，我一下脸红了，心想也许是我无意中失言了。她指着我说："我能教你西班牙语。"

"真的吗？"

"真的。我教英语四十年了。"

我已经很好地掌握了英语，但从米拉格罗斯的热情程度来看，我想还是不要澄清这一点："好的，太棒了。"

她高兴地鼓起掌来："很好。什么时候你准备好了我们就开始。"

我谢过她，然后举起玻璃杯到嘴边，尝了一小口。下咽时我提醒自己千万别吐出来。"这是什么？"我咳嗽着问。

"清朗姆酒，"她暗自笑道，"你如果现在不喜欢，一小时后就喜欢了。"

我又喝了一口，眼眶都湿润了。

不知什么时候，桑尼喝完酒不辞而别了。他晚上不回来了。米拉格罗斯看着我说："所以，丽比，你在逃避什么？"

我皱起眉："为什么认为我在逃避？"

"单身女人一整个月租住一处海滨住宅，没有朋友或家庭聚会的计划？我不是侦探，你知道的，但我也不傻。"她大笑，一面向后靠坐在椅子里，等待我的回答。

于是，我告诉了她一大部分："嗯，是这样。最近我发现结婚八年的丈夫竟然喜欢男人。"

"我的天！"她叫道。

"是啊，不是什么好消息。我才发现不到两周时间。"我说，然后又来了一口她调制的鸡尾酒，尝起来倒有点像打火机燃料。

米拉格罗斯误以为我喝得起劲。"这儿还有，"她说着，从自己座椅下拿出一只酒壶，“再来点。”

“我真的不该再喝了。”我说的时候她正加满我的杯子。

“要是等待一个时机，现在就是了。告诉我，你发现之后发生了什么？”

我又抿了一口：“辞去工作，清空我们的房子，那样我就可以出售，然后订了来这里的机票。”

“哎，姑娘，我知道坏丈夫什么样，”米拉格罗斯说，“让我告诉你，我第三任丈夫何塞。有一天我在上班时突然病得很厉害。老板害怕我传染给学生，就让我回家去。我当时发着烧，差点走不了路，我打电话给何塞希望他来接我，但他没有接电话。所以我只能自己坐公交车，艰难地回家去了。走到卧室时，竟然看到那个王八蛋和我最好的朋友……”我倒吸一口气。

“——还有她丈夫！”米拉格罗斯高呼道，“我是说，多么变态！很抱歉如果你也遇到这种情况。”她补充道。

“不是的，”我向她肯定道，“那你做了什么？”

“对米克？很显然我和他离婚了。”她说，双臂交叉在胸前。

“米克？你指何塞？”

“米克、何塞——有什么区别？那个男人对我来说仅剩我这里讲述的故事。我要说的是，姑娘，这痛苦最终总会消散。然后有一天，当你回想起来时，会觉得很可笑。我保证。”

“每个人都这么说。”我并没有主动告诉她，自己已经不奢望能够活到痛苦消散的那一天。

米拉格罗斯再一次添满我的酒杯，然后拉我和她到海边散步。“别害怕，很安全。”她一边说着，一边锁起我们身后的露台。

我们站在沙子里，浅浅小酌，凝望太阳西沉，阳光边缘处铺洒着长条状果冻粉和蓝色矢车菊的光辉。

三个月前，汤姆、洁西、奥莱利，还有我，为庆祝夏日结束，特意租乘游艇环游密歇根湖。夜晚似乎无尽地延伸，直到我们抬头仰望，太阳几乎在一瞬间就落山了，而刚刚还在天际线上方徘徊。不过几秒钟的时间，它已消失在鳞次栉比的城市建筑的缝隙里，我们都没来得及正眼看看它。我开始感受到，当生命误入歧途，便如同太阳落山一样稍纵即逝。

“为什么选择威克斯？”过了一会儿米拉格罗斯问。

“父亲告诉我这是母亲喜欢的地方。”

她点点头，表示理解我暗含的意思：“我也在很小的时候失去了妈妈。你母亲一定是个聪明的女人，因为她喜欢这里。”

我望着西边一股股浪潮吞噬天空中最后一点亮光。

我差一点就无法来到这里，但在来不及之前，还是成功赶到了。这一定意味着什么。不是吗？

16

第二天醒来，头痛得难以忍受，舌头上还附着着朗姆酒渣。有种想做些有建设性的事的冲动。我猜当你生命中可预见的最后一百八十天已经过去十天时，会有那么一点点压力促使你赶紧从宿醉中回过神来，做些有意义的事。

我吃下一碗椰子麦片，穿上运动鞋，涂了驱虫剂，然后跳上吉普，前往一处徒步线路。之前是从住处附近捡到的游客小册子里发现了那里。

它位于最近组建的国家公园里，公园坐落于海军基地旧址。但除了一块标明公共开放时间至晚上十点的金属牌之外，公园和其他我所见到的杂草丛生的地方并无异处。把吉普停在一块空地后，我冒险踏上了一条土路。一旦遇到这种时候，保罗的声音便开始在我耳畔回荡，警告我小心野兽，但我大声哼唱着，想把他的影子压下去。还有什么比大自然更亲近上帝？这里一定很安全，我会受到庇佑的。

跨过一棵横倒在地的树干时，我忽然间开始想象，在没有道路、汽车或者能买到饮用水的便利店时，这片岛屿最初的生态环境会是什么样？我稳步向前，然而土路越来越荒乱，树枝抽打着我的脸颊，带刺的藤蔓剐蹭着四肢。拇指大小的蚊子嗅到了食物的气味，成群向我围攻而来，娴熟地躲避我的还击，扎堆把吸血管刺进我的肌肤，驱虫剂似乎是诱人的烧烤酱。我并不想当女性探险家。我从没有觉得露营或钓鱼有意思，也从未像前同事珂莉那样，假装喜欢粗犷的户外活动，而她丈夫极度着迷于涂着迷彩图案的乳房。但我试图弄明白为什么母亲觉得这片沙岛充满魔力。碧绿的公园也象征着这座岛屿的一部分。所以我继续前行。

不久，狭窄的土路把我置于两条较宽的小路前，小路看起来维护得很好，会让人觉得是景观设计师的手笔。我很兴奋：终于有我能对付的徒步穿越了！我选择了右边的一条路。

走到四百米开外时，听到很响的隆隆声。那一刻，我期待再看到野马奔跑——或许是整个马群。正想着，声音越来越近。

可是，却发现眼前是一辆黄色的接送卡车，直向我高速驶来。一群小孩对着窗外呼喊着，卡车到我跟前，我发现车里满是闹哄哄的小少年。我靠左挪，让开路中心，但卡车也向左，偏偏要对准我。司机是没看到我吗？难道是小孩子欺负人的把戏？我唯一确定的是，需要赶快闪开，马上。

只剩几秒钟反应时间，我迅速跳进身后的树丛，瞬间裸露在外的皮肤全部被刮伤。脉搏呼呼地震颤双耳，我艰难地呼吸着。假如没有闪开，他们肯定已经撞到我。

听见卡车轮在泥土里打转时，一阵笑声传出。很快，卡车转向另一条路，消失在树影中。

我仍然蜷缩在树丛里，以防那群小子返回来干掉我。此时此刻似乎应该抱头痛哭，但我却双眼干燥，毫无哭意，对一个像我这样泪腺发达的人来说，这好像有点反常。我静静地坐着，面无表情，甚至不理会饕餮尽享我血肉的蚊虫。

接着，让人不寒而栗的惨叫声穿透公园。过了一小会儿我才意识到这竟然是我自己的叫声，我又叫起来，一下接一下放声尖叫，内心深处激烈的狂怒宣泄而出，直至胸腔灼烧，嗓音嘶哑，再也叫不出来。

假如三周前这么发泄一场，我可能还会为自己出洋相感到丢人——即便是在荒无人烟的乱树丛中。但现在已经不重要了。我不确定什么还重要。我一直是个好人，诚实但也许乏味；即便我错过前两次濒死的警告，这一回宇宙之力给我送来一辆黄卡车，毫无疑问地说明，我将面临死亡——很快。

17

第二天一早，我驱车前往伊莎贝尔二世镇。路上提醒自己绝不允许那几个愚蠢的小子扫了我度假的兴致。伊莎贝尔二世镇是威克斯的主要城镇。即便昨晚睡眠不错，还好好沐浴了一番，我仍然对昨天的事心有余悸，但相信一杯香醇的咖啡和新鲜的烘焙面点再加上不同的风景，一定会帮助我舒缓情绪。

伊莎贝尔二世镇比依思佩朗莎镇略大，布满淡雅的蜡笔色商铺、政府办公室，以及众多教堂，我未曾在任何一个地方见过如此云集的教堂。闲逛过几个街区后，邂逅了一家粉得刺眼的咖啡厅。天堂的香气——烘焙的面团和香甜的味道——飘荡出来。我走进去，坐在U形吧台的一只高脚凳上。

“是什么那么好闻？”我问吧台后面的女人。

“玛优卡面包卷。”一个声音说。

我并没有转身，但回应道：“真的？”

“是的，它们真的叫这个。”夏洛说着，坐在我旁边的高脚凳上。他的头发仍然潮湿，似乎也刚冲过澡，尽管T恤看起来有二十年之久，工装短裤也旧得似乎随时会脱落散架。

“不，真的，是说你真的就不能选个别的地方喝咖啡吗？”我咕啖着，基本没有看他，“你就不用去开飞机或干别的事吗？”

他诡秘地笑道：“我在放假，联邦航空管理局正在调查咱们的小事故。所以不用，近期都不会再专业地降落到海滩以挽救你的生命。”他对服务生说，“你好，西西丽亚，请给我两个玛优卡和三杯黑咖啡。”

我刚准备点单，他竟然已经行动，还说起西班牙语。“能告诉我你刚说了什么吗？”我说。

“我给你点了一杯咖啡。你是喝咖啡吧？”

“我与咖啡就像你与鹈鹕一样，”我说，“希望你还点了玛——”

“玛——优——卡，”他说，“当然点了。”

“很好。所以，从你的口音和对本地烘焙食品的了解程度来看，你是威克斯人？”

他咯咯一笑：“我在很多地方居住。飞行间隙居住在公司的公寓里，其他时间住在圣胡安的家。”

“旅人的生活，对你这个年龄的男人来说，是个很有趣的选择。”

“我四十二岁，不过一位二十九岁独自旅行的女人如此评价，或许有些武断。”

轮到我咯咯一笑：“我的男同伴这个月没有空。”

“我猜他也没有空。我可以感觉到那个叫汤姆的家伙一定很乐意陪伴你到这里来。”

我的笑容消失了。我不希望自己总是想到汤姆，但事实证明，这比我设想的难很多。我好像已经和他一起生活了六千五百多天（我没有专门计算天数）。我这极短的生命周期足够将汤姆的影子驱逐出我的脑海吗？

“对不起，”夏洛很快说道，“我有点哪壶不开提哪壶。再也不提那家伙了，他的名字听起来和‘炸弹’很押韵。”

我不禁大笑：“谢谢。”抬起头时，他那双温暖的棕色眼睛依然望着我，丝毫没有移开的意思。我心中瞬间荡起一阵不安与淫欲交织的兴奋，然后带着一丝释然移开目光，这时侍者已把白瓷盘轻放在我们面前，两只盘中各有一个涂着黄油的巨大面包，顶上铺撒着白色的糖霜。她又在两只盘子中间放下三只纸杯装的咖啡。

“这是我见过的最小体积的咖啡，”我对夏洛说，“请告诉我你为我点了两杯。”

“你随意，不过我可提醒你，这家店的意式浓缩咖啡可是岛上最浓烈的。”

“好吧，如果你说得对。”

他抿了一口，然后转过来对我说：“嗨，我还没有问你，是什么把你吸引到威克斯来的？”

“很多事情。”我模糊地说着，咬了一口面包，即刻间，松软的面包简直在我的舌尖融化了。

“还不错，是吧？”他说。

我点点头，然后喝了一大口咖啡试图把嘴里的食物咽下去，结果验证了夏洛的话，这咖啡实在太浓烈。“所以你已经在这里——”他掰着手指数道，“四天了？试过伊斯拉的海螺馅饼了吗？”“海螺馅饼是什么？”我问。

“噢，我的天。你从来没吃过海螺馅饼？咱们得弥补一下。今晚你有安排吗？”

我怀疑地瞄了他一眼："或许。你为什么想和我共进晚餐？"

他歪着脑袋："既然你总是提到这一点，那好吧，我差点让你丧命，我能做的至少也是请你吃饭，你说呢？"

是吗，自从你知道我有癌症。"好吧！"我答应了，不过只因为我并无别的事可做（这是我的故事，我将让它继续），"你知道我住哪儿。"

他眨眼示意："那个我知道。"说罢，他从胸前的口袋掏出太阳镜，拿起盘中的面包和一杯咖啡，"晚上见，丽比。"

我望着他悠然离去。他有着宽阔的肩膀和紧实的翘臀。我有着不可思议的对灾难的忍受能力和失败的择偶能力，不论在现实中还是在臆想中。

直到他走后我才意识到我们并没有约定确切的时间，而且我也没有他的联系方式。事实上，我连他姓什么都不清楚，坦白地讲，在近一段时期内我还无法像正常人一样做某些事。

这是个坏主意。

刚过七点钟，房前沙滩砾石路上传来车轮摩擦的声音。最后又看了一眼镜中的自己，我打开门，夏洛已经站在门外。

"嗨，"他浅浅地说。他还穿着上午的短裤，但换了一件干净清爽的浅黄色纽扣衬衫。我穿着一条太阳裙，现在觉得自己穿得有点傻，因为好像要赶赴约会，而今晚并不是约会。

"嗨，"我边说边锁上房门，"你开车载我还是我来开车？"

"我来如何？因为我知道怎么走。"

“好的。”我答道，木讷地站在他的吉普前。上午咖啡馆里轻松愉悦的打趣已成过眼云烟。此时不知该如何恰当地与他相处，这让我的处境更加窘迫。

他打开乘客车门，并伸出一只手臂，我接受了，但还加了一句：“你不必这么做。”

“我知道。”夏洛说道，他关上车门时一脸好奇地看着我。

“芝加哥，”我们驶出车道时他说，“我二十多岁时去过那里，后来再也没有去过。那儿还是很冷吗？”

“像北极一样冷。”

他大笑起来，似乎我的话真的很幽默。我想我的直觉是对的，他的确因癌症而怜悯我。我需要做一个了结。“你怎么去芝加哥了？”他问。

我来回摆弄着头发，然后把双手藏在臀部下希望缓解局促不安的感觉。“嗯，说实话，是因为我前任。那时他最好的朋友在芝加哥，他觉得芝加哥有利于事业发展。”

“那你呢？”他问，“你怎么想？”

我只想和汤姆在一起，到哪里都无所谓。但无论如何我都不能承认这一点。“我以为自己会喜欢那里。以前是的。直到几周前。”谢天谢地他没有让我深入讲下去。

我们停在半山坡处的一家餐厅门外，就在车道边上。餐厅扶手和凉亭上围着节日彩灯。走进餐厅时，我发现大部分餐桌都在室外庭院。

“兄弟，最近好吗？”酒保对夏洛说。

“很好，瑞奇，很好。”他说。然后他们便开始滔滔不绝地说起西班牙语。某一刻起，他不再是那个差点害死我的人，而渐渐变成我想要点的“主菜”。是的，在咖啡馆时我听过他打情骂俏的浪漫段子，而眼前这一幕完全不同。他是在和人正常交流，这完全颠覆了他此前在我心中的形象。他的双手飞扬着，笑声爽朗深刻，浑身溢满了自信，你懂的，还有性感。

“很抱歉，丽比，”女服务生引导我们坐在室外庭院的一个包间里时，他对我说，“酒保比较健谈。”

“你的西班牙语非常流利。”我说，口吻中似乎有点责怪的意味。并不是说他的双语能力让人感到惊讶，只是自从来到波多黎各，我能感觉到他的英语里缺少一点我生来所熟悉的调子，所以我猜他不是美国本土人。“你是波多黎各人？”

“是的，”他说，“我母亲是新波多黎各人——她父母在威克斯——但我父亲在法哈多出生长大。”

“那你是在威克斯长大的？”

“我父母分手了，所以我就被辗转多地，比大部分小孩经历得多很多。”

“很抱歉。”

“嗨，你有什么可抱歉的？总之，对我这个大叔来说那是很久以前的事了。”他微笑着说，我也本能地微笑着，突然感到一阵刺痛穿过腹部。我立刻看向别处，敏锐地察觉到疼痛来得不合时宜。我对异性的判断能力本就糟糕（比如泰），这一周的连续事件更削弱了这一能力。再加之，夏洛知道我是将死之人，所以我们之间的任何关系都架构在对我的怜悯之上——抑或更可悲，我也许只是他认为的单纯而极度短暂的上床对象。

服务生过来时我感到一丝释然，然而他对我们讲起英语时，我有些失望。

“我可以自己点菜吗？”我问夏洛，眉毛扬起。

“只要你知道自己要点什么。”

我看着服务生：“我想要一份海螺馅饼和金枪鱼排。”

“饮品呢？”服务生问。

“比较烈的酒。”

“我也要一样的菜，再来瓶科罗娜啤酒。”夏洛说。

服务生给我端来一杯番石榴汁加朗姆酒，味道比米拉格罗斯的火箭燃料好喝多了，这让我精神放松了很多，甚至开始和夏洛聊起一些琐碎的事，直到馅饼上桌（需要明确指出的是，馅饼不过和其他任何裹着面糊的可供食用的油炸食品一样，并没有什么特别惊艳的地方）。我刚要开始吃金枪鱼排，夏洛问道：“所以这次旅行是化疗前的自我庆祝？”

我惊讶地猛然抬起头，然后放下餐叉，为了安全起见：“化疗前？嗯，不是。我并不准备做化疗。”

他看起来很吃惊：“不做？为什么不呢？”

“因为我不想让自己经受化疗的折磨。”

“化疗也没那么糟糕。肯定比等死要好。”

“我已经告诉过你，医生说无药可救，我完蛋了。”

他的眼睛燃起愤怒的火光，这是我不曾见过的：“去你的医生，也听听旁人的观点吧。”

“我已经咨询了谷歌医生，他确认没有别的办法能够阻止我的肠道长出石块般的肿瘤、皮肤一片片脱落。”我冷静地说。

“也不一定就是这样的。”他的脸庞有点发红，眉毛处聚集了薄薄一层汗珠。我在想是不是他的某位亲人死于错误的医疗建议。

我耸耸肩：“听着，我很感谢你的关心。但癌症带给我的痛苦经历已经够多了，我临终前的日子，我想尽可能开心地度过。化疗和放疗我是不会考虑的。”

他喝了好大一口啤酒，然后凝视着我说：“假如老天，或者其他某个你信奉的神想让你死，那你现在岂不是已经沉在海底？我是恪守职责的飞行员，丽比，经过这几天的思索和仔细回顾，我认为咱们的着陆实属奇迹。”

“所以你所谓的‘生活就是濒临死亡的体验’其实就是废话而已？”

他叹了口气，向后仰坐，脸上气愤的热潮忽然转为一种冷漠的距离感。我的情绪也忽然变化，刚才的欲望转瞬间变为一股恼怒。

“你让人很恼火。”他嘟哝着。

“算你运气好，过了今晚你就不用忍受我的臭脾气了。”我回击道。

这时服务生前来收拾我们的餐盘。“想来点甜品吗？”他问，“或者再喝点什么？”

“不用。”夏洛和我同时说道。

18

我要一个人安静地度过假期时光。毕竟，已经尝试过接触人类，但是遭遇了惊人的失败。我理性地分析后得出结论，躲避任何可能让我难过或威胁我安全的人类，是唯一可以保护我仅剩的尊严并让我享受为时不多的旅行时光的办法。

可是我的计划被汤姆反复的电话粗鲁地打断了（我确实关掉了铃声，但嗡嗡的震动抑或是半夜闪动的屏幕并不是我能及时阻止的。他大费周章地电话追踪我，声势浩大精力充沛，多年来也没见他对我们婚姻中的许多事情如此上心过。就连预算、支出都不能时时坚守，公寓的东西坏了也不积极修理，婚姻关系中的种种方面也不能尽心经营）。七个电话以后，我意识到他并不打算让我安宁睡觉，于是和夏洛共进晚餐后的那个夜晚，我终于接听了电话。

“丽比，你为什么要躲着我？”汤姆问。

“天哪，我不知道，汤姆。”

“告诉她你错了，你个笨蛋。”奥莱利的嘘声从后面传来。

“搞什么，奥莱利为什么在听我俩的通话？”我说。

“丽——”汤姆说。

“你听着，既然有种破坏我们的婚姻，就要有种接受后果。”

“但我说了不想破坏我们的婚姻。”

“他爱你，丽比！”奥莱利说。

“你是我的死党。”汤姆说。

“我以为我是你的死党！”奥莱利一定气坏了。显然汤姆被迫降低了自己的酒水档次，因为奥莱利在提供庇护住所。

“不，汤姆，我确认我不是。死党之间分享彼此的秘密。”我说，而此时，即便想忽略自己的眼球，泪水已然不幸地滴落下来。

“我很抱歉，丽比。我从没想过要伤害你。”

“他确实没有，丽比！”奥莱利在远处大喊。

“你闭嘴，麦克。”洁西说。

“我不在乎你抱歉与否，汤姆。这丝毫没有用。请你别再给我打电话，除非你能借一辆时光机车及时回到过去，解除我们的所有关系。现在，离我远点。”我说完，挂断电话。

于是我独自到海边散步，想尽快摆脱掉汤姆带来的负能量。“你比现在的你要强大，你比现在的你更美好。”我告诉自己。但这只会让我想起汤姆锻炼心理暗示的那段时期，那时他读了一摞又一摞的自助书籍，试图从实习生的状态一跃获得正式的工作机会。后来我又回想此事，其实他的正面自我暗示和获得工作机会之间并没有实质的联系。

他已经自欺欺人多久了？我获知癌症诊断的当天清晨，他亲吻我醒来，告诉我他爱我。（只要想到这里我就又忍不住哭起来。他是否察觉很快就要告诉我真相？他的爱其实就是裹挟在长期和一个人共同生活产生的依恋之中的负罪感？）整件事都迷惘得令人难以想象。保罗小时候喜欢卡车、玩具枪和足球，都是典型的男孩会喜欢的事物。可是还没等我们度过幼儿园的第一个月，他竟然满怀自豪地告诉父母，他想嫁给迈克尔·杰克逊。我们是宗教家庭——周日去教堂，饭前做祷告，一起背诵大篇的《圣经》经文——虽然我们周围的人都谴责同性恋，但我父母从来不曾试图说服保罗他的想法是错的。因而他也未尝隐瞒真实的自己。所以，“谁谁后来出柜了”这样的事对我们来说好像只存在于电视中。

更甚的是，汤姆的父亲是个唠叨的酒鬼，喜欢对各种成人的情感道德话题评头论足，汤姆却在很多方面藐视他父亲——比方说，冷静的举止，大城市的生活方式，对美丽事物的追求，对酒精的憎恶——以至于我以为汤姆根本不需要隐瞒自己的某种内在天性。

虽然在电话里没给他留情面，但我有点替他难过。确实为我们俩感到难过。假如这一切发生在别的某个时候，也许我们能够共同努力以一种健康理性的方式来处理——当然不是说我想把他变回异性恋者，因为我知道自己很可能等不及看到他的性取向重新编程，就已经见到母亲在密歇根大道骑着独角兽漫步了。但我并不想恨他，我想安慰他，就像当初他的毕业典礼被他酩酊大醉的父亲搅黄时，就像他第一份研究生工作因为最初三周糟糕的表现而被开除时那样安慰他。

纠正一点：我希望自己能去安慰他。

抑或，这种想法来自那个已经逝去的丽比的幽灵，她想欺骗现在的丽比，她是那么强大，正如她在我生活的方方面面渗透她的意识与思想。

往回走时拉吉打来电话：“你肯定不敢相信！”

“是吗？”

“公寓有三个买家出价了。”

我微笑，心想，老天果真欠我的。“都有谁？”

“两对夫妻，一个单亲妈妈。”

“太好了。咱们选单亲妈妈。”

“你不关心他们的报价具体是多少吗？单亲妈妈的报价最低。”

“准备文件吧。”

“你说了算。”他说，但我知道他肯定不高兴。

“我给你增加佣金额到百分之七。”

拉吉嘴里咕哝着。

“八。”

“成交。”

回到小屋时，我发现门上有张字条，是米拉格罗斯留的。上面写着:“西班牙语，下午六点？”鸡尾酒时间可是非常好的时段，虽然我信誓旦旦地说想要度假隐居，但其实我挺想学西班牙语的。至少米拉格罗斯不会因为她并不了解的癌症而训导我。

当我按时来到她的露台，发现她又有访客，这回是一位年轻女子，膝头坐着一个小女孩，女子扶着她轻轻摇晃着。

“谢谢，米拉格罗斯。”女子说着将手伸进口袋里。

米拉格罗斯摆摆手，示意女子不用掏钱。“没什么，没什么。”她坚持道，女子与她拥抱后离开了，小女孩跟在身后。

“我刚给维琪看了手相。”米拉格罗斯解释道。她拍了拍女子和她女儿刚才坐的地方，“来，坐这里吧。”

我试探性地照做了。

“现在把你的手掌给我。”

“我们的西班牙语课呢？”

“马上就开始。现在，让我看看。”她说。然后拉过我的胳膊，展开我紧握的拳头，我才意识到自己的手握得那么紧。她观察我的掌心有一分钟左右，然后用一根手指锁定离我拇指最近的那条纹路。“Estaes——意思是英语里的‘这是’。”

“Estaes。”我重复道。

“很好！”她热情洋溢地说，“这是你的生命线，姑娘。”

“好吧。”我迟疑地说。

“Vida，生命，”她重复道，“试着说一下。”

“Vee-da。”

“对。”她说。

“对。”我说。

“不，”她大笑道，“我在跟我自己说呢。我是想告诉你，你有一条很好、很强壮的生命线。像我的一样。”她说着，举起自己的手掌好让我看清楚贯穿她手掌上迷宫般皱纹里的一条裂隙。

“嗯，想必不太准。”我说，同时把手缩回来。

“为什么？你不想像米莉一样自在到老吗？”

“只是因为我有健康问题。”我咕哝道。

“不论是什么，你的手相说明你一定能战胜它。”

“你这么说恐怕只是不想让我难过罢了。”

“不。”米拉格罗斯说着摇摇头，然后又摊开我的手掌，用食指指向我的生命线中间，“这里大概就是你生命目前所处的位置。看这里有个小裂缝，通常一个小点或小圆圈代表疾病，但分叉代表伤心的事。你的裂缝比较宽，不是好事，就我所能预见的来说，比你感情线上任何情况都要重大得多。”她一面说，一面指着横跨于我手掌上部的水平线，“你的手相也告诉我，跟我一样，你选择男人的眼光很差劲。”

我配合地浅浅笑了笑，即便内心此刻在回想昨晚的夏洛，他载我回去时是多么的淡漠冷酷。

“现在，除了不好的，姑娘，看到这些线了吗？”她说着，指向紧挨着我小拇指根部细小到难以察觉的纹路，“我看到了孩子。孩子。幸福的未来。”

我不喜欢这样的发展方向：“我不能生孩子。”

她给我一个保罗所谓的不屑表情：“有的是办法。不过先到此为止。等你准备好了我再告诉你更多。”她走进屋内，端出两杯桑格利亚酒，我们边喝她边教我西班牙语里基本的问候语和问路对话。一小时后，我离开了，并保证几天后回来上第二堂课。

看手相不过是自欺欺人的瞎话，以前周末学校的老师会告诫我们这种算命的巫术会给人招致灾祸，使人直接被遣送到恶魔怀里。但假如米拉格罗斯至少说对了一半呢？至少伤心的事叫她说中了。倘若我真的有机会长寿，可是某种残忍的因果力量把它阻截了——例如我自己的错误选择？难道是长时间工作释放出的压力荷尔蒙附着在我身体里，直到有一天它们爆发出来成为大灾难，致使细胞恶性增生？难道是我多年逃避运动健身，还总点炸薯条而不吃健康的沙拉所致？因为，老实说：悔恨一直在我脑中徘徊，歌词大意基本是这样——都是你的错，都是你的错，不不不不不，都是你的错。

在家吃过晚饭后，我打算早点上床休息。腹部很痛，非常痛，我越来越怀疑自己是否能够长期忍受疼痛。假如我能依靠止痛药和安眠药顺利度过假期的剩余时光，或许保罗会在纽约帮我请一位止痛专家，以便帮我度过最痛苦的时期。现在的医生，给病人开奥施康定止痛药就跟开糖果似的，不是吗？

当我爬上床等待睡意降临时，我开始怀疑，接下来的三个星期自己是否有足够的勇气和毅力独自挺过去。虽然作为我母亲的女儿，我继承了她的高颧骨和深色头发，可我丝毫没有她的意志力和进取心。我感到自己再也不能面对更多坏事了，想到这里，愧疚与羞耻感更强烈了，尤其想到此时此刻全世界还有很多人在经受更加痛苦的磨难。

我拉紧被单裹住自己，尝试着让气息进入疼痛的部位，就像女性分娩时助产师所建议的那样。曾经我想要洞察母亲患癌症时的经历，现在我体验到了。除了怪我自己，没有别人可以责怪。

19

在威克斯待了八天以后，康乃馨粉色的晒伤痕迹终于褪去，露出下面极为白皙的皮肤，所以我觉得再来一次日光浴也一定是安全的。我换上两件套分体泳衣，带了些简单的午餐，从后院走上沙滩。

这是个热闹的星期六，沙滩向左、向右各一英里范围内都有人躺着休闲。一个推着冰柜的男子在来回走动，喊着："卖水！卖啤酒！"我找到一块离海近的空地，铺开浴巾，仰面躺下，瞬间感到很满足。阳光有点过于明亮，让人目眩，但没有特别热，温热的感觉让我的肌肤非常舒服。

或许过了半个钟头左右，一团云彩滚了过来，遮住了阳光。我皱了皱眉，希望在暴风雨来临之前能够有时间翻个身烤烤后背。

"嗨。"云彩说。

我一下睁开眼睛。

夏洛大笑："对不起！我并不想惊到你。"

"你确实不想，"我说，"什么风把你吹到我的海滩来了？"

他坐在我旁边的沙子上。即使从他无处不在的背影来看，我也能够断定他心情不错。"你的海滩？嗯，也许是因为……我感到无聊吧。"

我诡秘地笑了："想必是你私闯民宅想要吓唬我，可是找不见人，才决定四处转转以寻找目标。”

“或许吧，”他说，“不过，严肃地说，我很抱歉那天晚上的事。真不应该刺探你。”

啊哈，这是一趟怜悯拜访。“你不必对我感到抱歉。”

“这不是我本意。”他原本调情与挑逗般的语气被一种过于绅士的语气取代。

“好吧，”我说，“就算如此，我希望你明白，我不需要你来探查我。我好着呢。”

“谁来探查你了？我正好还要在威克斯停留几天，而且我也要到海滩上来。”

我注视着他。他看起来很诚恳，但我也提到过，自己看人太不准了。

“那你为什么打探我的病情？”

他耸耸肩：“我喜欢你，丽比。你和我的大部分女性乘客都不一样。”

“呵，呵。”我哼着，虽然此时心理年龄降到十四岁的我正在想：噢。我的天。他说他喜欢我！

“你愿意给我机会弥补吗？我想带你去看一样很惊艳的东西。”

“让我猜猜，在你裤裆里。”

他大笑：“哈，好吧，女士。我虽然不清楚你之前都和多么小的家伙一起生活，但我绝不是想骗你做什么淫秽的事。”

真的吗？我有点失望。而且上次的晚餐进展也不顺利。我正想找个理由拒绝时，发现自己盯着他的双臂，如此健硕，延伸至同样健硕的双手，看起来性感而敏捷的双手。虽然他有点救世主情结，但我决定再给他一次机会。

“好吧，”我同意道，“我该穿什么？”

“你现在穿得就很完美。”

“你真是变态！”我说，一面用浴巾裹住自己。我在开玩笑，但也明白我的玩笑与他之间仅相隔一层薄薄的衣物纤维。

“我们去划船。不过你最好也能带一件 T 恤和短裤。”有意思。

“几点？”

“嗯……咱们定六点半吧。好期待。”他站起身，拍去短裤上的沙子，然后朝马路走去。

“嗨。”我叫住他。

“我还不知道你姓什么。”

他淘气地咯咯一笑：“所以你还不知道。贝拉斯克斯。”

“好的，夏洛·贝拉斯克斯，”我说，“今晚见。”

几小时后，我们驱车穿越一条条偏僻的小径。我们俩都没有说话，但这一回的安静并不像上次那么窘迫。

“我们到了。”他说着停在一块沙地上，周围已经停了几辆车。

我走下吉普时，看到一些塑料独木舟靠在一间棚屋外。走过棚屋，能看见一排灌木丛和树木，从中间部分开成两列，露出六七十米开外的一片水域。

“我们要划独木舟？”我问，“我不是很擅长运动。”

“很好，因为我也不擅长。唯一擅长的是开飞机。”

“有待斟酌。”我咯咯笑道。

“有道理。”他说，微笑着回答道。

天色渐晚，夏洛举起一罐驱虫喷雾摇了摇：“难怪都叫这地方蚊子湾。我来给你喷一下。”他上下打量我，“可能你想先把T恤和短裤脱掉。”

我的脸一下子红了，还好天快黑了。“好的。”我说，然后褪下外衣，只留分体泳衣。冰凉的化学喷雾触碰到我胳膊和腿部肌肤时，我瞬间起了鸡皮疙瘩。

“可以帮我吗？”他问道，把喷雾递给了我，然后脱下衬衫，突然间，我感到浑身都开始发烫了。一个半裸上身的男子，站在你面前，展现出他精瘦、古铜色的身体，等待你为他做点什么，这是相当亲密性感的。即便“做点什么”只是为他喷洒工业强效驱虫剂。

“多谢。”他说，显然是针对我嘴里欲滴的口水。

我咽了咽口水，试图用漫不经心的语气说：“不用谢。”

我们走到棚屋旁，他递给我一只红色独木舟，自己拿起一只黄色的，又为我们俩各拿了桨和救生衣。

“我们就这么拿了用？”

“是的，老板是我的一个哥们儿。他那边已经有一群人在划船，而且他知道今晚我们会来。”

我们拖着独木舟沿路来到一个昏暗的小水塘，好似那是我和家人曾经度假常去的地方。

“这是哪里？”我问他。

“这是一个海湾，通向大海，但和岛上其他地方的生态环境都不一样。甚至和全世界其他地方都不同。你看了就知道了。”他一面说，一面把我的独木舟推离岸边。

这听起来有点朦胧的不祥之感，但我打算唤起积极乐观的丽比。“很好！”我兴高采烈地说，然后开始划桨。

水面平静清澈，划起独木舟来很轻松。不过天色确实晚了，待我们到达海湾中心，太阳已经落山，月亮只是粘在天边的一块小薄片。“我们还能找到回去的方向吗？”我斜过肩膀问他。这时我发现夏洛的独木舟的四面好像在发光。还有——哇——我的独木舟也是。“这是在搞什么？”

夏洛尽情地笑着：“我还在想你什么时候才能发现。这是生物发光。海湾里尽是一种叫作甲藻的有机物群，它们受到惊扰时就会发光。若用你的身体试一试，效果会更好。”突然间，我想起了父亲所描述的会发光的海湾，当时我还觉得他有点忽悠人。

“想下去试试吗？”他问。

“真的吗？”

他向海湾另一边的一群泛舟者示意了一下，他们正爬出小舟。“虽然不能保证不让你呛水，但我会尽力保护你。”

我小心翼翼地下到水中。水是温热的，但密度很大、很厚，我甚至，都不需要借助救生衣就已经慢慢浮起来。夏洛划到我附近，用绳索把我们的独木舟拴在一起。然后跳下独木舟，游到我跟前，身后留下一道蓝绿色的生物之光。

“西班牙探险者首次来到威克斯时，以为这闪烁的亮光是恶魔之气，他们试图驱散它，”他说，一边指向海湾尽头一处狭窄的通道，“那里阻挡了海湾边上一排红树林的落叶，它们是甲藻的食物。所以有机生物得到充足供给后，发光更强更亮，西班牙人离开了，整个海湾还保留原貌。所以今天这里还和从前一样。”

“太棒了！”我低声惊叹道，放松地以狗刨式游动着，双手泛着蓝光。

“我不想你错过这个，而且如果月光太明亮，也看不到最好的效果。现在，”他说，然后又游近我，“仰过来，朝上看。”

我转过来时，双腿浮到水面，好像整个身体都因这魔力之水变得失重了。看到天空时，我倒吸了一口气。那是一张深邃的黑色天幕，群星闪烁着，有的星星可能是我所见过最亮、最白的。

“这里没有太多光污染。”夏洛说。我可以从他的语气里听出他很高兴我为眼前的一切所折服。

“而且也许它们早就已经不存在了。”我说，主要是对我自己说。父亲是第一个告诉我这一点的人，很多星星也许在我们看到它们之前已经燃尽消失，但它们的光芒还在穿越时空，直到被我们看见。

“那取决于你如何看待它们。”夏洛说。

“怎么讲？”

“嗯，严格来说，我们所看到的是几十亿年前核聚变产生的星球，那时我们都不存在。但现在我们正在经历它们，所以它们存在于当下。它们发生在过去，也是目前真实存在的。”

“哈。”我凝望天空，想着空间、时间和我的母亲，她既是我的过去，也是我的现在，我知道，她一定是那些闪烁的星星中的某一颗。

他问我是否知道星星会闪烁的原因。我承认自己并不知道。

“它们是巨大的等离子体，靠自身重力作用相聚和，但无法阻挡彼此不断向内挤压。自我摧残造成相互摩擦。从我们的角度来看，就是闪烁的光芒。”

“我不知道你还对自然科学感兴趣。”

“我可是要靠验证牛顿运动定律谋生的。”

“一语中的。”

“总之，我喜欢天文学。它告诉我们很多有关人类的境况。”

我不确定他这么做有什么目的，但我怀疑和我的癌症有关。不过我不想为了听他的解释而扫了兴致，所以我就这么仰面游着，忘记一切。

真的很容易。我周围的水面，还有我的皮肤，都发着蓝光，头顶的苍穹闪烁着过去的遗迹。我想到母亲也伴随在我左右——她也在这里游过泳，仰望过星空！此时此刻的我，无法言说自己有多么感激命运的安排，我竟然活到现在，体验了这一切。

“感谢你所做的一切。”我安静地对夏洛说。

“非常不用谢。”他说。当他在水中伸手触碰我的手时，我自然而然地接受了。

可是叫我失望的是，几分钟后他放开了我的手，建议我们该回去了。我掩藏着不情愿，同意了，然后我们一起游到岸边，擦干身上的水，上了吉普，好像刚才并没有一刻浪漫发生（也许他就是这么认为的，我告诉自己）。

“再次感谢！”到达我的海滨小屋时，我对他说。

“没关系。感谢与我同行。”他看着我，然后又看看方向盘。

“好吧，那回头见。”我说，然后在他倾过身子给我开车门前，开门下了车。

“听起来不错。”他在我身后说。

我打开前门时，可以听到他的吉普在车道上漫无目的地溜达，但我并没有转身，没有挥手说再见。我真厉害！我就是裹在密不透风的防虫清漆里的一颗钻石！我不需要一个四十二岁烤得半焦的老男人来与我甜蜜蜜地做爱，该死的。

我走进空荡荡的屋子时，这些自我暗示的话并没有阻止泪水掉落下来。夏洛本身并不是问题的根源。是整件事情：人生仅此一次的海湾体验。被丈夫抛弃后的孤独感，而丈夫却不承认抛弃了我。生命即将终结，终点正在逼近。

我来到玻璃走廊，凉鞋拍打在瓷砖上的声音提醒我自己是孤单一人。我都懒得去开灯，一屁股坐进藤条沙发，透过玻璃望向海浪。

我将一只胳膊扶在额前，痛哭起来，就像维多利亚时期的小说里的女主人公那样。

我哭啊，哭啊，哭完了又接着哭了一阵。我可以感觉到脸部有点浮肿了，脸上泛着眼泪的咸涩和悲伤，但还是忍不住继续哭。

突然听到玻璃窗上有敲打声，我几乎吓尿了——一丁点而已。

擦擦眼泪，打开门。“我靠，夏洛。”我说，试图不让他听出我抽泣着。

“丽比。”他说，然后那双生着老茧的双手扶住我浮肿的脸颊，开始轻吻我。从来没有人这样亲吻过我，有些强烈，有些温存。可以完全地、毫无疑问地肯定，若这个男人不喜欢女人，绝不会这么亲吻她。

现在，我明白了，明白了：在你睡过的男人之间相比较是不公平的。真的，不公平，即便有的男人最终并不喜欢女性。

他抱起我，将我放在沙发上，亲吻我直到我将要为他赤身裸体；他把我抱上床，为我们俩宽衣解带，进入我，让我因为最原始的性快感而呻吟。这一刻很有必要感谢我一直以来所失去的。

我想着："感谢你，汤姆。"

感谢你可怕的、糟糕的、令人心痛欲绝的好时机。若没有你，我也不会到威克斯来，在这里终于——天哪，终于——趁还来得及之时，享受了恰到好处的性爱之快。

20

夏洛在我旁边平躺着，眼睛半睁半闭，手指在我的胳膊上滑动。“丽比？”

“嗯？”一天三次差点丧命——有生以来最高纪录——我已然从极乐后的无知迅速切换到完全无意识的状态。

“我需要告诉你一件事。”

我突然清醒过来。“请别告诉我你有疱疹。”我说。虽然性病也被包括在我生命末期所关心的事物内，排在炸弹弹片和违规停车罚单之间。我确定他是异性恋者，可是万一他有什么特别的恋物癖或犯罪记录呢，或者——

“我得过癌症，”他说，“差点就死了。”

需要强调的是，如此令人震惊的消息绝对不是我所期待的，不过这也解释了那天晚餐时他的反应。

“哇塞——很抱歉。哪种癌？什么时候？”

“血癌。十六年前。”

“我的天。那时你还很年轻。血癌可治愈，不是吗？”

“嗯，我这不是还躺在你旁边吗？”他微微一笑，“通常来说，是的。我的情况比较糟糕。淋巴结、骨头、腹股沟，”他边说边挥手指向自己下肢，“没人对我说什么，但我的医生、家人、妻子，都做了最坏的打算。”

妻子？他的无名指上没有戒指。我没追究。“所以到底发生了什么？”

他吻了吻我的肩膀：“我活了下来。直到今天，我也不知道为什么，但是我做到了。我是说，当时二十来岁，我真的，真的不想死，但大部分癌症患者都那么想，对吧？”

我点点头。感谢他这么说。有时候人们的一些评论会让我很生气，比如评论某位癌症幸存者是“抗癌勇士”，或者“人太好了死了可惜”，所以必然能活下来。虽然我理解这种想法让人相信可亲可爱的人品能够唤起生死天平向生的一侧倾斜，但是我的血液仍然会沸腾起来。是因为我母亲？她是我所见过的最好的人。若是能活着见证保罗和我长大成人，她宁可截去双手双脚。她并不是没有抗争，可是癌症是连环杀手。“你现在一切都好吗？”我问夏洛。

“嗯，是的，我猜。我做化疗前，婚姻破裂了，但是我还活着。虽然——”他夸张地紧皱眉头，“我失去了一只睾丸。”

我往被单里瞄了瞄：“我确定有两只。”

“右侧是假的。”

我开始大：“你是说你有一对人工睾丸？”

“一只，”他强调，一面挠我痒痒，“几分钟前你还没有不满意呢。”

“你不孕吗？”

“就我所知，左边那只睾丸一切正常。但是我没有私生子，以防你好奇。”

“确实让人松口气。”我的脑袋躺回枕头上，“所以那天晚上你特别生气。”

“我想是的。我并不是想告诉你该做什么，丽比。即使我们非常熟悉彼此，那也不是我的行事风格。但我猜我不是唯一一个想看到你尽全力求生的人。关于飞机事故幸存一事，我是当真的。我一般不怎么听信‘命中注定’。我也不知道。只是……”他声音渐小。然后掀开被单，指着我的肚子，“对了，我确定你的刀口发炎了。”

我猛地把被单拉到腹部。一直试图不让他看到刀口，但显然做得不到位。“不是的，癌细胞恶化的时候，刀口就是这样的。”

“你确定？”

“是的。”我说，假装听起来很坚定，但也开始怀疑他说的也许有道理，“既然我们开始交换信息了，我也需要告诉你一点情况。”

他皱了皱眉：“关于汤姆？”

“是的。”

我给他简单概括了一下，从用叉子伤到汤姆的手到财产清算，再到汤姆并不知道我得癌症。讲完以后，夏洛看起来若有所思，但并无焦虑。“嗯，我可从没和已婚女性发生过关系，不过现在貌似是个很好的时机。”

“对不起！”我说了不下第七遍。

“丽比，没关系。你还好吗？我是说，你不觉得自己拒绝治疗跟汤姆的事情有一定的关系？”

我摇摇头，脑海中汤姆模糊的面容逐渐在公寓厨房内清晰起来，我仅晚于汤姆半分钟透露真相，就让他和我的叙事完全不同了。“我在告诉汤姆之前就做出了决定。”

“是的，但我相信你不是第一个最初想要跳过治疗的人。不同的是，你坚持这么做。不管你怎么否认，丈夫出柜加之癌症所带来的压力一定非常可怕、非常沉重。难怪你在迫降海滩时吓坏了。”

“我没有吓坏。”我生气地说。

他轻轻地吻我：“好吧，小可爱。只是千万别过早坚持你的决定。再好好想想，好吗？”

小可爱。除非“丽宝”也算，汤姆好像并没有给我起过什么昵称。我还挺喜欢这个称呼。即便如此，夏洛的温存让我深深地觉得，也许他并不仅仅视我为情人，他还视我为他的慈善事业。

我叹了口气，安卧在他的臂弯中：“再看吧。”

第二天早上醒来时我躺在夏洛刚躺过的凹陷位置。听见厨房铿锵的响声，我微笑了。一张字条就足矣，可是一副温暖的身子再好不过了。

他站在咖啡机前，我还没弄明白怎么用这机器。“早啊。我给你冲了咖啡。”

“谢谢。”我站了几秒钟，后悔自己没穿文胸，只穿一件T恤和内裤，就坐在吧台了。他把一小杯咖啡递给我，站在吧台对面，看我喝他为我准备的咖啡。

“我很快要走了，”他说，“我要去圣胡安处理点事。”

“好的。”

“就这样？好的？”

“你难道期待不同的回答？”

“并没有。”他说，诧异地看着我。然后从吧台另一侧倾斜过身子吻我，伴随些许强烈的爱抚。“我真的很高兴和你共度时光，丽比。”我们都需要停下呼吸时，他说道。

我微笑道：“我也很高兴。希望很快可以再来一次。”

他双手穿过头发并对我咧嘴一笑。

“肯定的。”

听到他的吉普离开车道时，我的微笑渐渐消失。我去浴室，掀起T恤，站在镜子前。此时的腹部显然没有昨晚与夏洛探险时那么兴高采烈，我感觉里面有一只非常生气的章鱼在皮下不断努力，试图穿肠破肚。我在壁橱里找到止疼药，吃下三粒。需要开始预防性自我用药了，为的是近期还能与夏洛正常性生活，不让逼近的死期阻止我。

当晚没有再见夏洛，我告诉自己这样才对，即便脑中涌现出极为疯狂的欲望。在岛上的日子只剩十九天，刀口日益恶化，完全无法确保性生活顺利进行。“韶华易逝。”保罗喜欢这句话。要是平常，他就说对了，即便他的智慧箴言剽窃自罗伯特·福特。我正想着，也许他应该获得我的电话问候。

“哟，你终于想起你的哥哥了。”保罗表示问候。

“别闹脾气了，我现在心情不错。”

“你继续。”

“我和人做爱啦！”

“请给我几秒钟。”听起来电话麦克风好像被他捂住了，“你成功卸下了相当于九百卡路里的墨西哥玉米卷。感谢加速我制订的减肥计划。”

“随你怎么说，保罗。首先，你不需要减肥；第二，不是你说让我找个包间服务生？为我高兴吧。”

“我是为你高兴，虽然我对具体细节没那么感兴趣。是什么人，你怎么认识的？”

我想起飞机俯冲向加勒比海浅滩时的场景，于是决定最好还是自我反省。“这是个很长的故事。但他是飞行员，波多黎各人。”

“什么？”保罗说，“说正经的，丽宝，你要小心点。你并不了解这个人。”

“他叫夏洛，我了解他。而且我一向都很小心谨慎。”

“好吧，这个小心谨慎的女子一声不吭就要出售公寓，另一合法所有人完全不知情；只身一人打包了行李就跑去荒无人烟的岛上，根本没有告诉亲爱的哥哥。”

“嗯。我说了对不起。”

“我原谅你，亲爱的妹妹，不过还是要提醒你小心点，你背后随时可能有打你主意的男人们。”

一想到夏洛把我压在浴室瓷砖墙上时，我的脸就唰地红了，我们俩都证明了彼此比实际更善运动。

“我的背比任何时候都舒服，”我安抚保罗的情绪，“我保证。”

“你好，姑娘。”米拉格罗斯看我走进她的庭院时对我说。

“今晚你看起来真漂亮。爱情的作用。”

“爱情？”我说，“谁提过爱情的话题了？”

“你和老米利共用一个车道。我能看到有男人一早开车离开。”

我皱了皱眉。

“哎，别生气。就把我当成内置安保系统。另外，我可没有往你窗户里看或走到跟前看。只是为了确保你的安全。”

“好吧，”我同意，但愿这一点能让保罗开心，“谢谢。”我递给米拉格罗斯一瓶朗姆酒，是我之前在路边便利店买的。

“也谢谢你。那我们现在就来喝点。”她说。然后走去厨房。回来时拿了两只小酒杯，很大方地斟满了琥珀色的液体。

“干杯！”我说，然后抿了一口。立马被呛得咳嗽，不过烈酒的热浪蔓延至我胸部，再至腹部，原本的疼痛立刻停止了。忘记止疼药吧——我要日夜酣畅痛饮。

“总之，”我告诉米拉格罗斯，“你无法和自己都不了解的人相爱。”我知道夏洛的姓氏，他是癌症幸存者，一只睾丸是人造的，可他仍然满怀自信。可是我并不了解他每天生活的细枝末节。比如说，他在圣胡安的家到底什么样？他有兄弟姐妹吗？他和前妻之间的协议是什么样的？

“姑娘，”米拉格罗斯说，“感情并不是这样理解的。你尊重他吗？”

“是的。”我承认。

“他离开后你想念他吗？”

“我想是的。”

“那就是了。虽然你可能需要一周以上的时间来做决定。”

一周时间对我来说并不是什么问题。自从走进桑德斯医生的办公室，我的大多数决定都是在半小时内做出的，很多时候，我甚至只需几秒钟就做出决定。

米拉格罗斯继续道："我的意思是，不要认为你和他之间是刚刚开始，你就有所顾虑。我只和最后一任丈夫相识两个月就结婚了，我很确定假如他在出海打鱼时没有撞到头部跌落海中，我们一定会一生相守。"

"很抱歉，米拉格罗斯。"

她摆摆手示意我不用同情她。"那是很久以前的事了。来看你的这位男士看起来人不错，你理应受到很好的对待。他确实对你不错，不是吗？"

"是的。"我说。至少，我再也不觉得自己是被他怜悯的对象，"但是……"

"但是什么？"她说，"时间会告诉你其他的一切。"

我举起酒杯："如您所说，米拉格罗斯。"

21

第二天早上，我正从床上爬起来时，夏洛来了。

门被打开时，强烈的阳光撞在我脸上，我像只老鼠似的斜眯着眼看他。

“你起得挺早。”他倾过身子吻我，“早上好。今天有什么安排吗？”

“让我想想。”我挠挠头，“嗯，好像没有。”

“太好了。要不要去圣胡安？或许晚上可以在那里过夜？”

“这取决于我们怎么去。假如你说‘飞机’……”

他大笑：“我现在还不能飞行，记得不？”

“那也许你有飞行员朋友想试验一下我们是不是对死亡绝缘。”

“我们坐渡轮去。拜——托啦？”他说，假装求我。

我上下打量他。他换了一件破烂不堪的T恤，不过纤薄的棉布更加突显了他的胸肌，看起来异常性感。他的气味也那么吸引人，虽然我嗅到一丁点肥皂味，但还是提醒自己不要再嗅了。我双手环住他的腰道：“好吧。但可别杀我。”

渡轮颠簸起伏，正如夏洛所言。到达法哈多时，我惊讶早餐时的烤吐司面包和咖啡竟然没有吐出来。法哈多离圣胡安至少四十五分钟车程，不过计程车丝毫没有让我的肠胃平复下来。虽然司机本人技术娴熟，但两侧川流的车辆让人感伤地想起芝加哥的交通。

渐渐远离法哈多时，景色由葱翠的山峦变为新铺就的马路和死胡同，再到拥挤的住宅区域，电线杆上晾着衣服，台阶上围坐着小孩子。一小时后，司机把我们送到一处熙熙攘攘的住宅区，距离海边很近，丢一块石头就进海里了。

“这让我想到了洛杉矶外的海滨小镇。”经过一家咖啡馆时我告诉夏洛。他点点头。“这一地带叫康达多。还有这里，”他说，然后打开一扇锻铁大门，“是我不在威克斯时所住的地方。”

铁门后有一个干净整洁的花园，掩映在高大的棕榈树下。花园后上方为一座粉灰墙的建筑，每一层都有撑着凉亭的露台。

“漂亮。”

“正式参观之前先别这么评价。”他说，然后带领我上了台阶。

我们在一扇厚重的木门前停下，夏洛打开门。

“里面没有太多东西，”我们进门时他说，“但是这里属于我。”

第一眼看到时我就很喜欢这里。硕大的窗户下，陶质地板沐浴在阳光里，天蓝色的墙壁上挂着框起的音乐节海报和波多黎各民间艺术。

墙角的台面上摆着一只设计复杂的乐器，有点类似吉他，非常吸引人。“你玩这乐器吗？”

“四弦琴？我希望我会。那是我祖父的。”

“它很漂亮。”

一张柚木床架罩有蚊帐。“我这儿没有空调，”他解释挂蚊帐的原因，“不过这里离海这么近，也用不着空调。”

我点点头，试图不去看小梳妆台上的一张相片。相片里一个漂亮的女子挽着夏洛的胳膊。

他脸上的表情告诉我他显然明白我心里在想什么。“那是拉蔻儿，我妹妹。卡拉是我前妻，你在这儿是找不到她的照片的，任何地方也找不到。”

“你妹妹住在波多黎各吗？”

“不，她住在亚利桑那。我平时不常见到她和我外甥还有外甥女，不过他们圣诞节常来和我一起过。”

“那你父母呢？”

“父亲在这边。母亲在纽约。我尽可能地多去看望她。”

“没开玩笑吧。我的孪生哥哥也在纽约。”

“你有孪生哥哥？不敢相信，你从来没和我提过她。”

“不是‘她’，是他。保罗。他和伴侣查理以及两个儿子住在纽约。”

“你简直充满意外。”

“是的，我就是这样。”我诡秘地说。

他温柔地把我放到床上：“再和我多说点。”

我很想就这样和他继续在蚊帐云团下温存，可是夏洛似乎很兴奋地要实施他的计划，于是他去洗澡时，我穿上裙子和凉鞋等待。出浴室时，他穿着一件白色亚麻衬衫，亚麻裤，和一双休闲鞋。

“你看起来清爽干净。”我说。

“我偶尔会好好打理一下自己。”他撩拨开我肩头的鬈发，然后摸到我后背，一阵寒战袭上脊柱，“你确定今晚想和我去吗？”

之前他看到我皱眉，我以后需要更加小心才是。“我还好，”我告诉他，“我发誓。”

“假如不舒服，你会告诉我，是吗？”

“当然。”我欢快地说，忽略下腹部持续的轻微的疼痛。

老圣胡安像一张城市明信片，有着热带鲜艳色彩的殖民时期建筑，高低错落地排在窄街两旁，街道上铺着深蓝色的鹅卵石。经过一条可以俯瞰大海的通道，我们蹿进一条侧街，夏洛带我进入一间很小的酒吧。墙上镶挂着各种名人与酒吧老板一家的合影。“很传奇是不是？这里是宾娜考拉达鸡尾酒的诞生地。”夏洛说。

“真的吗？”

“我不知道，但荷西调的酒特别棒。”他说着，伸手与酒保击掌。

“你认识波多黎各所有的人。”我说。

他轻轻挤了挤我的臀部：“不，我只是带你到我最喜欢的地方而已。”

这听起来让人很舒服。假如他还有别的女朋友，就不可能这么带着我逛大街。另外，他还带我看了他的住处。不过我提醒自己这些都无关紧要，我们还有几周时间扮演情侣，之后一切都将结束。

荷西给我们滑过来两个布满白霜的长玻璃杯，都装着冰水混合物，颜色浅黄，接近于白色。香甜却不腻，这杯冰饮引爆了我身体里的每一个欢乐接收器。“我想我是陷入爱河了。”我告诉夏洛，但眼睛还看着自己的杯子。

夏洛诡异地笑道：“我也很喜欢你。”

我从桌下轻轻踢了他一下：“别那么快，你真难对付。我还在你的完美身材和杀人倾向之间权衡呢。”

他倾过身子对我耳语道："我需要复制多少次今天下午的时光，才好让你忘记飞机事故？"

我大笑起来，然后亲亲他，让我自己都大吃一惊。我通常不是那种能自然而然在公共场合秀恩爱的类型，也不是那种仍然处于已婚状态就能和别的男人上床的类型。

喝完鸡尾酒，夏洛和我又走了几个街区，来到一家颜色鲜艳的餐厅，有一支乐队正在演出。我们就座之后点了葡萄酒和海鲜饭。服务生刚离开，夏洛便指着舞池说："来吧。"

"我不会。"我说，学着米拉格罗斯在最近一次课上教我说的西语。

"会的，你会的。"他说，一边把我从椅子上拉起来。他停下来，扫视了一下我的肚子，"等一下，你还好吗？因为，如果不舒服——"

"用反问心理，非常聪明，贝拉斯克斯博士。"

"我是认真的，丽比。今天我们已经做了很多事。如果你累了，没关系的。"

终于有一次，我的癌变肚子不是问题的根本。问题是我被逼到悬崖，像只走投无路的水牛准备中途打退堂鼓。"我不会跳舞，"我坦白道，"可以说，我有四只左脚。"

"那你可幸运了，因为波多黎各人民生来就有一只右脚，一只左脚，和会跳舞的臀部。我在会走路之前就会跳萨尔萨舞了。我来教你。"

他夸张地在我面前旋转着。我大笑："好吧，不过你得带着我。"

"没问题。"他一只手略搭在我的背部，另一只手牵起我的右手。"先看我的步法一分钟，然后抬头，我来用身体带领你。"

他带着我前后移动，一遍又一遍，我脸红了，直到能够支配四肢移动，仁慈地说，我这也算是跳舞了吧。

“你还没那么糟糕。”夏洛在音乐里大声说。

“对一个外国妞儿来说！”我说，主要高兴自己没踩掉他的脚趾。

“没错。”他笑着带我旋转。

节奏变慢了，他把我拉近跟前：“下面做什么，丽比？”

他平静地问，脸颊几乎要接触到我的脸。

最好装傻，我心里想：“吃完晚餐，或许可以直接回去休息。”

他暗自发笑：“好。不过我的意思是在波多黎各度完假之后。”

他看过我全裸的样子，看过我身上被阳光所加强的瑕疵。他见证过我在沙滩上绝处逢生时的崩溃，看过我在走廊上哭得稀里哗啦。然而若是与他分享我最后几个月的计划，感觉实在太暴露自己，此时真想钻到桌子底下藏起来。

“我可能会去纽约看我哥哥。”我不是很肯定地说，“嗨，你介意回到我们的餐桌吗？我有点渴了。”

“当然不介意。”他说，带着我穿过大厅。我们坐下，我一口气喝下一整杯水，才抬起头来。这时，他微笑着说，“所以，纽约？我听说那里有些很不错的医院。”

“我也听说了。”我说着，用餐巾角轻拭嘴唇。

“我也听说。”他说，然后拿起葡萄酒杯。

服务生送来了我们的海鲜饭，夏洛和我都假装很享用美食，吃几口就停下来聊些有意义的话题，比如我是否喜欢海蚌，米饭煮的时间够不够长。

回到他的公寓后，我们褪下衣服，犹如丛林狼吞食腐肉般进入贪婪原始的激情状态，直到躺在那里气喘吁吁。他看了看我说：“你有没有想过不该轮到你？”

我眯着眼睛斜视他，精神还有点轻飘飘，没有完全从性爱中缓过来。“鉴于你对命运与死亡的看法，我不认为你真的相信命运。”

“不，”他坦白道，“我相信我们绝对无法预知命运。但我也认为，我们可以假想能够一直活着，直到做好了迎接死亡的准备，这么想对我们并没有什么伤害。你还没准备好。你说服不了我，丽比。”

我把被单往上拉，遮住裸露的身体，什么也没说。

在卧室昏暗的光线下，他的眼眸看起来几乎是全黑的。“去他的，丽比，为你的生命而战吧，”他低声说，“至少，从别的地方了解点信息。”

我的拳头塞进腋下，薄薄一层棉质被单被我抓得更紧：“这不是问题所在。问题是尊严。我在为自己争取权利，好让一切顺其自然，而不是让化疗毁灭我所剩无几的时光。”

“你这话没有说给对的人听。相信我，治疗有多难受我很清楚。化疗和放疗差点把我两颗睾丸都毁掉——那是婚姻结束之后。每一次痉挛，我都在想，癌症回来了。我每天都努力不让十六年前的事情来定义我未来的生活。但是你知道吗？一切经历都是值得的。我还活着，但如果明天有必要再经受一次，我还是会欣然接受。”

“我很抱歉你经历了那么多，”我说，吸了吸鼻子以恢复镇定，“但这不一样，你不要试图改变我的想法。如果你想这样做，那也许我们不应该再见彼此。”

他深深叹了口气，然后双臂环抱住我，趴在我背后。“别这么说，丽比。”他耳语道，“我们在一起时不是很开心吗？”这时，我轻轻让自己贴紧他。

开心？这一点确实无法否认。我们又做了一次爱之后，夏洛在我身边睡着了。我望着蚊帐，听着他轻微的鼾声。除了我们的争论，我感到出奇地满足。虽然为癌症和丈夫的事不开心，但我很高兴自己发现了这个宇宙的平行空间。在这里可以忽略生活中的细枝末节，比如工作、账单和同性恋丈夫，相反，我可以在遗忘中沐浴阳光，在自由意志下吃饭睡觉，享受三十四年来未曾经历过的肉体之欢。

假如我的决定能让生命的末尾不像海岸线一样被冲刷侵蚀。那我将会做些什么呢？难道放弃治疗——根本谈不上勇敢——仅仅代表冲动或自私，正如夏洛所暗示的那样？

正要进入梦乡，突然听到母亲的声音，至少我以为是她的声音。母亲去世之前，父亲根本没有意识到也没有多余财力购买一台摄像机，所以保罗和我只能通过一个两分钟的视频片段来重温母亲轻柔平稳的音色，这视频还是一个远房亲戚在另一个亲戚的聚会上拍的。

“我不担心你，丽比。”她说着，把手放在我的手上。那时她躺在临终关怀院的病床上，塑料细管缠绕着她的双腿，钻进她的胳膊。离她去世还有一星期。她要求与我独处。“你会没事的，我的灵魂告诉我。但是请照顾好保罗，好吗，亲爱的？我需要你帮我照顾他。”

“当然，妈妈。”我告诉她，感到浑身僵硬，无法落泪或者握一握她的手指，生怕会加剧她的疼痛。

“你是我生命中的欢乐，小丽比。”她的话缓慢而不自然，似乎使出了全身的力气才从嗓子里挤出三个字，“我爱你。”

“我更爱你，妈妈。”我向她保证，眼睛肯定地望着她的目光，直到她最终闭上双眼。

这并不是我乐于回味的记忆，尽管如此，这段记忆仍然时常浮现于我的脑海。因为彼时彼刻我终于承认——也许仅仅几分钟的时间——母亲真的就要死了。我的神父，父亲，保罗，他们都试图警告我。我一直是个愉快的孩子，或者至少大家是这么告诉我的。但有一天父亲母亲叫我和保罗坐下，解释说母亲患了癌症，我内心的一个愉快开关就此关闭了。忘记去看生活中光明的一面。潜意识告诉我只要不去承认生活中确有黑暗的一面，那么负面的东西就不曾存在。所以每当有人说母亲活不长，我就点点头，然后在心里把这种可能性归档为介于外星人出现与史前湖怪出没之间的不确定事件。

在所有回忆中，我并没有特别留意母亲真正的叮嘱。保罗处变不惊超级能干地照顾好一切事和人，包括我，从这一点来说，我辜负了母亲的嘱托。但也不算完全辜负、毫无扭转的余地，我盘曲在夏洛身上时跟自己澄清这一点。不想让保罗看到，接受化疗后的我变成皮包骨，身体严重受损以至于难以辨认。而这些化学药物的作用却是试图拯救已被实验结果确诊为无药可救的癌症。

为了避免重演母亲让人心力交瘁的死亡过程，我会尽自己所能以最为有意义的方式照顾好保罗的情绪。

我这样告诉自己。然后便进入深度无梦的睡眠。

22

"下午我要去趟办公室。"第二天上午夏洛说。我们在公寓喝过咖啡，吃了牛角面包，又去海滩很快溜达了一圈，其间谁也没有提起生与死的话题。"你一个人坐渡轮回去没事吧？"

"当然。"我说，但其实，我希望他早一点提出来。不过，如果我能够独自进餐，那么一定能独自坐渡轮回威克斯。另外，我深切担心自己会过于依赖这个几周后我将离开的男人。米拉格罗斯会喋喋不休地大谈爱情，直到口干舌燥。可最主要的问题是我不想爱上谁。不过我越来越感到困惑的是，未来的打算与性爱之欢原来并不是不相干的事实。我确信是癌症，是癌症不断扭曲了我的大脑，同时还在我与夏洛之间建立了一种内在联系，而这种联系不会持久，也不可能持久。

所以当夏洛把我送到开往威克斯的渡轮处时，我心中怀着离弃之感亲吻了他，然后跑上了码头，没来得及问一句何时才能再见到他。很快会到那一天——我不再是他生命中的一部分，他也不再是我生命中的一部分。最好还是双方都立即开始学着适应。

渡轮快到达岸边时，我感到一阵释然，如同回家了一般。我在海滨小屋睡了一觉，醒来时天色已黑。这一天的时光浪费了，我很疲惫，似乎有点发烧，需要休息。我冲了一碗麦片，读了一会儿书，又回到床上。

第二天早上夏洛没有来电话，虽然我认为分离对彼此是件好事，但仍然忍不住猜测这是否因为我拒绝接受他的拯救。

不管怎样，我现在都无法集中注意力思考任何事情，因为肚子疼得犹如一把生锈的刀子在来回切割。虚汗浸湿了 T 恤，我摸了摸额头才发现，自己简直烫得在燃烧。吃了三粒止疼药，可惜自己没有朗姆酒在手，否则一喝便清爽了。

直到这时，我还是没有真正觉得自己就要死了，但死亡已经再真实不过。我弯下腰，强忍着干呕的冲动，想象生命之气渗出我体内，仿若老宅里的热气从窗户缝散出去。而这只是个开始，还有几个月在等着我呢。母亲直到最后一个月才接受吗啡注射。她一直保持微笑状态，哪怕肿瘤已经像炸弹一般蔓延至卵巢，进入肠道，侵袭膀胱。她是如何做到的？如何有那么强大的精力教育两个孩子，做好妻子的本分，还兼顾与朋友的关系，而我却还在挣扎着从沙发上爬起来？

如果她能够坚持下去，那我也一定要这么做。咬紧牙关，穿上泳衣，套上长裙，戴上遮阳帽。米拉格罗斯告诉过我，在离我们半英里开外的地方，新开了一家旅馆，那里的鸡尾酒非常棒，听起来还算中肯，虽然现在只是上午十一点。

这座旅馆远看像是沙滩中的石灰岩海市蜃楼。“您需要点餐吗？”一位服务生在我走向吧台时问道。

“只点饮品。”我说。我指着沙滩边的一排帆布躺椅，“我可以坐在那边的椅子上吗？会有人给我送酒水吗？”

“您是我们旅馆的宾客吗？”

“不是。但我就快死了，我得癌症了。”

服务生打量着我，不过他一点也不相信我所说的每个字，我的态度让人觉得我简直快要生出一颗满是刺的仙人掌，于是他认定我最好还是离其他十来个客人远一点，便迁就了我去露台上的要求。“我这就给您拿菜单。”他说，暗示我可以去选就座的地方了。

我点的宾娜考拉达似乎起了作用，疼痛有所缓解，于是喝完第一杯之前又点了一杯。很快即将到正午，周围已经开始有人喝果汁鸡尾酒了，服务生问是否需要把账单拿给我，他将第三杯端给我时，我同意了，也不觉得这时间喝鸡尾酒有点难堪了。“医用大麻对我不管用，”我对他解释道，“这鸡尾酒是除此之外更好的东西。”

其实，我还没有尝试过大麻，不过正好在我醉意正浓时提醒了我，也许这不算是最坏的主意，或许保罗还可以在这方面给我一些帮助。

海鸥在头顶盘旋，不知是为了服务生拿来的鸡尾酒花生还是为了我的肉躯。冲浪的人越来越多，喧嚣声几乎盖过了海鸥的尖声嘈杂，在这两者之间，我差点错过了电话铃声。

是汤姆。我接通了，只得怪宾娜考拉达的作用。

“丽比？”跟之前一样，他听起来很不安，“为什么你在波多黎各？”

我差点问他怎么知道，但立刻想起来我是用一张与他的联名信用卡预订的机票，把他从账户删除后却忘记更改密码了。我需要解决一下这个问题。同时，我已经告诉过他让我一个人清净清净。

“你的医生联系我了。”他说。

我腹部猛抽了一下：“你知道未经允许透露一个人的医疗信息是违法的，对吧？”

“他们没有透露任何信息。他们只是问我如何能联系到你。”

“很好。”我说，看着一只细长的棕色虫子靠近我的躺椅。

越来越近时，我抬起一只脚，正准备踩死它时改变了主意。我用凉鞋边缘把它推到一边，看着它蹦蹦跳跳往相反的方向跑了。

“你会给他们回电话吗，丽比？”他问道，听起来特别温柔，特别关心我，而不像是已经在我生命之外的人，“一切都好吗？”

“当然，好着呢。”我说，差一点就让人相信了。毕竟，生病到底意味着什么？而健康又意味着什么？我紧紧闭上双眼，又睁开来，盯住前臂上一根如同河流般汩汩流淌的脉搏。脉搏左侧是一颗黑色的雀斑，右侧有一小块白斑——都是我曾经在炎炎烈日下暴晒过久所致。眼睛继续往下扫视，看过长裙遮盖的腐烂腹部，打量小腿肌肉的微妙弧度，再到纤瘦的脚踝。我这瑕疵之身，注定会越来越糟糕，而目前尚在最好的状态，不过很快这一切就不复存在了。我简直不敢想象下去。

“如果医生再打电话给你，告诉他们我们已经不是夫妻，把我号码给他们。”我告诉汤姆。

他迟疑了片刻。“好吧，”他过了一小会儿说，“我知道你还在生我的气，但我想让你知道，无论你需要什么，我都会支持你，守护你。”

生气？生气！似乎我选择来到威克斯，让两千英里的距离将我们隔开的原因仅仅是他吃了我留给自己当早餐的烤华夫饼。

“我好着呢，汤姆，”我尖刻地说，“现在，请你挂电话。”

“丽——”

在他继续之前，我挂断了电话。并不只是不想与他通话，这会儿我突然产生了类似坠机时的感受。

“女士？女士，您还好吗？”服务生问，他看我喘着粗气，呼吸困难。

我转头看着他，声音沙哑：“不好。”接着，很抱歉地说……我晕过去了。

等我恢复意识，一个老男人穿着窄小的香蕉黄情趣内裤蹲伏在我上方。意识到我的脸与他的胸毛只有几厘米距离，我尖叫了起来。

他往后靠了靠，皮肤湿滑布满汗水。“我是医生。度假住在这家旅馆，”他那短促的语调让人难辨出处，“你昏倒时工作人员呼叫我来。现在好些了吗？”

虽然还没有完全恢复，但已然收到警示，而且非常尴尬。我坐起来，拍掉身上的沙尘，小心不与服务生眼神交会，他在医生背后转悠着，毫无疑问是在担心我还没来得及支付价格过高的祭祀酒水就断气了。

“我还好，”我对医生说，“只是突然惊慌所致。很显然我特别容易受惊。”

“假如你失去意识，我建议你最好去医院检查，越快越好。我能帮你打给某位亲朋吗？”

“我能处理。”我告知他，虽然这并不是实话。

“我来帮你叫计程车。”服务生说。

“不。”我说。

“真的，没关系的。”他坚持道。

我咬紧牙关：“请别这样。把账单拿给我。”

有意忽略医生质疑的眼神，我付了款，晃晃悠悠走上沙滩，走向我的小屋。

疼痛很可笑，不是吗？让人很难清楚地记得它是什么时候消失的。刀口不再那么疼痛时，更加容易相信自己一定能够承受住极度痛苦，直到生命的尽头。我冲了一碗麦片，可是一想到吃东西，就立马恶心起来，于是一口未动，便来到卧室镜子前。一个皮肤灰白、心力交瘁的女人从镜子里机警地打量着我。正转身离开时，刺痛从腹股沟辐射至腿部，让人怀疑是不是癌症正在扩散。我需要看医生。

我一瘸一拐地去找米拉格罗斯。"哈喽？"我隔着玻璃门叫她，"有人在吗？"

她打开门。"哎哟！"看见我时她叫了一声。

"想必你看得出，"我说，"我感觉很不舒服。"

"姑娘，你看起来像是吞下了一条剑鱼。"

"巧了，正好我的肚子现在就刺痛得很。你认识靠谱的医生吗？"

"我认识医生吗？我认识医生吗？"她说，来回急躁地跳着，"岛上仅有的三个医生我都认识，我带你去找我最喜欢的那个。我来开车。"

"我能开车。"

她对我挥挥食指："我不是请求你。岛上住着我爱的人们，我不会让你有机会撞到他们中的任何一个。"

争辩还有什么意义呢？我上了她的老雪佛兰皮卡，让她带我去诊所。她扶我上楼梯，挂号，就差让她陪我进诊室，让她握紧我的手。

但是，我独自进了诊室。一个深色鬈发、面无皱纹的女人介绍自己是埃尔南德斯医生。

"我有一个，呃，肿块切除了，现在疼得厉害，"我说，撩起衣服给她看，"我回去之后会去看我的私人医生。"——撒个小谎，我理论道——“但我希望你能给我开点药，缓解疼痛，直到我顺利返程。”

她检查了刀口，用手指按压，我则疼得紧咬牙关，真想踢她的脑袋。“疼痛是因为感染了，”她说，“一周前你就应该拆线了。”

“我以为它们会自己溶解。”

“会溶解的不是这种线。我给你做个局部麻醉，一开始会疼，等一会儿就会好很多。”她把一只巨大的注射器扎入我的肚皮，左推一下，右推一下，在我皮下灌满了冰冷的液体。

“还——是——疼。”她拔出针头时我倒吸一口气。

把注射器扔进一只医用垃圾桶后，她微笑着对我说：“现在不那么疼了，对吧？”

我做了个鬼脸，虽然疼痛变成了一种刺痛。或许局部麻醉将助我度过接下来的几个月。但还是需要找一位内科医生——除桑德斯医生以外——愿意接受非处方诊疗的医生。可能会比较麻烦。

埃尔南德斯医生用镊子把血淋淋的缝合线从我的皮肤里拽出来，清洗伤口，让我一周内按时擦消炎药膏，更换绷带。然后递给我一张抗生素处方。“这应该能快速消炎。过一两天你就会感觉好很多，但在吃掉最后一粒之前不要停止用药。如果不注意，刀口会恶化。我见过有的病人因未遵医嘱，结果导致败血性休克。”

谢过她这令人振奋的叮嘱，我回到休息室。“都妥了。”我告诉米拉格罗斯。

她点点头，然后用胳膊环着我的胳膊。我们以这样的方式离开诊所：我斜靠在一位年长女性的身旁以求力量，而她搀扶着我，仿佛我是一个娇弱的小姑娘。她扶我上皮卡后，我哭了起来。她给予的安慰、善意和微妙的母性抚慰着我，同时也让我想起不曾奢求过的东西。因为那一刻，我所渴望的并不是丈夫出柜前的生活，也不是踏入桑德斯医生办公室之前的片刻，不是保罗和父亲这两位世界上最最爱我的人。而是，我的母亲。

米拉格罗斯似乎明白我哭泣的原因并非疼痛："姑娘，没关系。不论是什么，都会过去的。此刻你在这里，你还活着。"

"这就是问题所在，"我双手捂着嘴说，"我不应该在这里，还活着。"我回想到飞机失事，卡车差点撞飞我，更不用说癌症。难道这些不正是表明了我的生命注定短暂，平淡无奇？

"谁告诉你的？"米拉格罗斯说，但语气不无关切，"你在你应该在的地方，直到这段时间过去，然后你不再需要待在这里。王子或乞丐，这就是命运给我们每个人的安排。"

如果真如她所言，那么为什么我会被安排到加勒比海的一个小岛，在岛上的泥土小路上开吉普？为什么我会像母亲一样，迅速而悲惨地死去？

我看向窗外的野马群，但那里没有隐藏的提示或答案。只有大树、灌木丛和藤蔓，模模糊糊地汇聚于远方的一抹绿意。

23

母亲埋葬在底特律郊外，离我家有三小时车程，她的父母和很多亲戚都葬在那里。

可是我觉得她似乎埋在乌兹别克斯坦那么遥远的地方。现实中的近距离仍无法让我与之交流沟通，我感到很愤怒。这种地表与地下之隔，却让她离我更远。

也许正因为如此，母亲逝去后的最初几个月——实际上是我们的逝去，我们所熟悉的家庭已经死在了她旁边——只要我们要求，父亲便尽可能多地载我们去公墓看望母亲。接着，经过几个月疲惫的周末往返，父亲不再接受我们的要求了。“我累了，而且我的亲戚们也不太欢迎我们再度留宿了。”他告诉我们，指的是每次我们去看望母亲时落脚歇息的亲戚家，“我们很快会再去看母亲的，只是不是现在，好吗？”

我觉得不好，但并没有说出口，而是决定用剪刀把自己的鬈发剪掉。保罗感觉到大灾难正在酝酿中，很快来到浴室，当时我已经开始了。他什么也没有说，只是伸出手要剪刀，我递给了他。

“你不可以告诉爸爸你剪头发是因为他不带我们去看妈妈了。”

他很努力地帮我整理头发，好让我看起来不像是刚把脑袋塞进了电风扇。

“好吧。”

“丽比，拜托了，”他说，一面“咔嚓咔嚓”摆弄剪刀，“你不可以这样。他已经够难受了。假装是因为口香糖粘住了头发。告诉他你烦透了那些小孩往你的鬈发上粘口香糖。只是，这并不是因为公墓，好吗？”

我没作声，但当晚见到父亲时，我使劲咧开嘴微笑，达到脸部所能做到的极限，好像被笑星挠痒痒逗乐似的。他也以微笑回应，我这才意识到保罗阻止了一场我们三人之间的相互伤害。

这就是保罗——一切问题的维修工，丽比·米勒的拯救者。我需要他，也许更重要的是，我需要确保疑心越来越重的汤姆不会招致保罗知道我所隐瞒的真相。

所以在米拉格罗斯送我回到小屋后，我就吃下一把抗生素和消炎药，接着好不情愿地给保罗打了电话。可是，他接通电话时，我实在无法说出口，只是坐在床脚对着电话痛哭起来。

“发泄出来吧，”保罗安慰道，“能听到你哭我也松口气了。我知道这事对你来说有多么糟糕，闷在心里也解决不了问题。”

“呜哇——”我号啕大哭起来，虽然知道保罗指的是汤姆，但听他肯定地评价我所经历的事很糟糕真的很舒服。确实糟糕透顶。腹部的裂缝很疼，而心口更疼。就像我的肿瘤，心中仅存的一点希望被撕碎，留下的只是裂缝与难以名状的痛。

但是我无法大声承认这个事实。每次正欲鼓起勇气告诉他，那种由于隐瞒他而产生的羞愧感便瞬间深化。所以我蜷曲在床沿，哭泣着，而他在电话那头听着我哭，时而插一两句安慰的话。

“你还在威克斯吗？”哭得最凶的部分渐渐平息时，保罗问道。

“是的。”我吸着鼻子说。

“不错，”他说，“很快要离开吗？”

“我不知道,”我说,“我不知道我会干什么。现在我整个人都废了。”

“嘘，你没有。没事的，先待在威克斯吧，咱们来想想下一步。我们一向如此，不是吗？”

“谢了。”我低声说。鼻涕挂到了手机上，羞愧，或是不羞愧，我若告诉他真相，那么显然不会是这般情形了，“我能晚点再打给你吗？”

“当然。只是，请向我保证，你不会再不和我打声招呼就飞到另一个国家。”

“波多黎各属于美国的一部分。”我说，感觉在为一个并不属于我的地方辩护。

“随你。对了，我绝对最最爱你。”

“我更爱你。”我说，这是实话。

抗生素开始发挥神奇的功效了。第二天醒来时，我能够自行准备早餐，甚至冲澡更衣也不觉得刀口处痉挛疼痛。在海滩上漫步，然后开车去城里的咖啡馆吃早午餐，这是我第一次独自吃饭的地方。我有点昏昏欲睡，咖啡馆也没有什么人值得观察，所以我从包里掏出一本小说。刚开始沉浸在主人公情侣的悲惨遭遇里，小说便话锋一转成了直截了当的情色文学，让我突然想到夏洛。假如我在稍微开心一点的状态下遇到他那该多好——在一个平行时空，或许，我既没有结婚，也没有随身携带癌症这个定时炸弹。但我明白在任何别的情况下我们都不可能相遇。

我从包里摸出手机，给他打电话。他听起来略带困意："嗨，你好吗？"

"嗯，还行吧。"我说。

"还行？"

"嗯……我昨天晕倒了。后来去看了医生。但现在好多了，没什么可担心的。"

夏洛低声怨骂了一句："我就知道。"

"你知道什么？"

"恶化了。"

是的，恶化了，我想。我快死了。"我不确定，"我希望自己的语气听起来挺轻松，"医生说我的刀口感染了。"

"你看吧？你需要回美国大陆，丽比。是时候开始治疗了。"

"我才不会那么做。我还要在威克斯待两周呢，我打算好好享受这些时光。而且可能就不走了。"虽然之前没这么想过，不过倒也说得通。威克斯是我的天堂的入口，在这里停留的时间越长，我就越不想去别的地方。这里是结束一切的最佳地点。

"不行，"夏洛肯定地说，"你需要离开。不要因为害怕面对你害怕的事情，就做出错误的选择。"

我把脚趾埋进沙子。"多么荒唐的说法。"我生气地说。他到底是什么意思？

“是吗？荒唐，我的意思？你已经在忍受疼痛，所以并不是你在逃避。”

想到冰箱里的一大瓶大粒药丸。“我当时很痛，现在好多了。抗生素简直是万能灵药。”

“那就好。但疼痛的减轻并不意味着癌症消失了。我猜你拒绝治疗是因为你不想面对自己的脆弱。你不是害怕化疗和放疗，而是害怕接下来可能发生的事。请别仅仅因为这个原因就选择最最不明智的做法。你有亲人朋友守护着，陪你经历这一切。我也是其中一个。”

眼泪刺痛了双眼。“非常非常感谢你这绝妙的不准确的分析，弗洛伊德先生。”

“这样可不好，丽比。”

“嗯，我不是什么好人。”

“我可一点也不相信。”

“请相信我，老兄。”

“丽比，”夏洛缓慢地说，“在咱们的谈话变味儿之前，我要走了。请考虑一下我所说的。”

“好吧。”

“谢谢你。我很快会联系你，好吧？照顾好自己。”他没有透露来威克斯看我的计划——这是我想听到的——所以我没回应。但为了填补安静的瞬间，他轻柔地说了再见，并挂断了电话。

我看着手机。几秒钟过去了，几分钟过去了，我没有痛哭欲绝，没有把手机扔进沙子，只是坐在那里。麻木了。

爱情将你的五脏六腑翻腾出来，却悠然离去。秃鹫俯冲下来鬼祟地叼走残渣。我就知道。几周前汤姆的事情已经提醒过我。

但我做了什么？又一次让自己深陷其中——到头来惊讶地发现，自己又被掏空了，孑然一身。

24

“米拉格罗斯？哈喽？”我在纱窗门外叫道，但我的声音只收到了沉默。与夏洛通电话已是两天前的事，我希望能上一节西班牙语课缓解那番令人郁闷的对话。另外，虽不愿意对外承认，但我确实觉得无聊了。我已经快要吃遍岛上所有的餐厅，捡了无数的贝壳，在海滩上闲逛直到双腿不能走得更远——虽然也没有很远，但依然觉得疲惫不堪。剩下的这段不确定的时间里，我真的能够继续重复和之前一样的事情吗？尤其是这意味着我需要独自经历？原本是来威克斯享受独居的假日，然而夏洛出现了，现在没有他的日子让人觉得哪里都不对劲。

很奇怪的是，我想念工作了。很显然，不是工作本身，不是杰姬——而是每天的生活结构，目的性。从米拉格罗斯处到我的屋子的路上，我在想，既然没有工作，生命的时光也所剩不多，那么自己的目的是什么。或许我终于可以学习烹饪，或许——

一阵剧痛钻过腹部，似乎在提醒我，我唯一的目的是：存活。

不，不，不，“存活”这个词再次浮现脑海时，我跟自己辩论起来。不是的。那只是生物本能的驱策所致。就好像你的生殖系统越是有问题，越驱使你想要生孩子。没有存活的可能，只能慢慢习惯终将死去的结局。

仅这么一想就让人备感疲倦。进屋之后，我直接躺在床上闭起双眼。很快便进入深度沉睡，然后在昏昏沉沉又极度饥饿的状态下睡了两个钟头才醒过来。给自己倒了一碗罐头意面圈（在极端绝望的某一刻，我从小杂货店购买了四罐意面），然后去后院走廊处的沙发上坐下，把碗架在肚子上，邋遢地用餐勺舀起意面圈送进嘴里。透过玻璃门，看得见滑板手在海面上呈“之”字形穿梭滑动。我突然感觉眼睛余光处有个东西，很有可能什么也不是，也许是一只蜥蜴或是另一个滑板手，但为了确保安全，我还是环顾四周，试图发现某个大家伙。正当我回头再查看到底是什么鬼家伙藏在玻璃外面时，保罗竟然看了过来。

我的天啊，我立即跌落沙发。他猛拉露台大门，但门上了锁。等待我从地上爬起来时，他脸上的表情很困惑，这说明他对癌症的事还不知情。

他还以为是关于汤姆！太好了——我可以自行决定何时再告诉他。我强撑着站起身，试图假装这样做并不会让腹部刺痛难忍。强迫自己把痛得狰狞的脸变成一朵微笑的花，打开了露台大门。

“真的是你吗？”我说着，轻轻触碰他的胳膊，因为腹部还很痛，无法给他一个正常的拥抱，“你竟然飞到波多黎各来？”他从不曾坐飞机——不论是有权势的大客户邀请他去阿斯彭滑雪，还是投资人让他去欧洲或香港，甚至是查理需要去洛杉矶工作。父亲搬到新英格兰居住的部分原因也正是为了确保能够住在保罗驾车距离范围内。然而保罗却为我坐了飞机。我不知道应该感到受宠若惊还是担惊受怕（我的情况听起来真的那么糟糕吗？或许吧，我不愿承认）。不过大体还是松了口气。我的兄长是来帮助我厘清这场灾难的头绪。不幸的是他还不清楚我所指的灾难是什么。

“当然是我。”他说，伸过胳膊来抱住我，丝毫未察觉拥抱使我多么疼痛，“是的，我跨入一个巨大的死亡陷阱，全都是为了你。”保罗仔细打量我后，笑容消失了。“丽宝，你在流血吗？”他问。

我摸了摸嘴唇下面的皮肤，又看了看手指，然后把粘着橘红色液体的手指放进嘴里：“没有，是番茄沙司。”

保罗听后立马做了向后缩脖子的动作：“真够优雅的。你，亲爱的妹妹，看起来比我想象的还要糟糕。”

“我好着呢！”我抗议道，刚说完夏洛就出现在露台走道。

我有点小激动：他回来了！正好可以见到我哥哥！我挥手让他进来。“保罗，这是夏洛，”他进阳光房时我说，“夏洛，这是保罗。”

“其实我们已经见过。”夏洛说。

“你们……什么？”我问保罗，他看起来有点不知所措。

“什么？”他说，“我需要弄清楚你住在哪里，又不能让你知道，不然你肯定不让我来。事实上波多黎各并没有太多叫夏洛的飞行员。我花了三分钟找到他。他在轮渡那里等我并帮助我找到你这里。”

我睁圆了眼睛瞪了瞪夏洛，他似笑非笑地回应。

“很好，”我漠然地说，“你介意我和夏洛单独说两句吗？”我说着拽过夏洛的胳膊，把他推进卧室。

“小可爱，你冷静点。”我们两个独处时夏洛低声说。

“你没告诉他吧？”

“我可没那么傻。这不是我的地盘。”

我松了口气。

夏洛看了看门，转过来看着我说：“你确实需要告诉他。”

“我明白。”

“我是认真的，丽比。”

“他会说服我去治疗？”

我俩的目光交会：“那绝不是最坏的结果。”

“我们已经知道最坏的结果，而且我的身体正向它猛冲过去。”

“你并不确定。”

“但是医生说——”

“我知道他说了什么。但你并未继续接受扫描检查，对吧？他们检查你的淋巴结了吗？做过 DNA 检测吗？”

“对于一个几十年前得过病的人来说，你的学识可真是渊博得惊人。”

“别瞎讽刺了，丽比，”他说着，语气特别冷静，“你的哥哥就在另一间房里等待，我们在这里待得越久，他就越容易产生怀疑。”

我差点要打他，差点。但我的下唇开始颤抖，一层悲伤的雾气笼罩着头部和胸口，演化成泪水。

“现在我该做什么？”我低声说。

“你该出去和保罗待在一起。”夏洛说，温柔地扶着我的肩背，“提醒你一下，他来这里是因为他以为你经历分手后快要崩溃。但是，小可爱……”

我的昵称又来了。我们会没事的，至少现在。“什么？”

他用手指帮我擦干泪水，然后轻柔地亲吻我的额头：“告诉他吧，现在。”

“你怎么如此安静？”保罗说。他在厨房台面的另一侧打量着我。

我和夏洛刚从卧室里出来，他就离开了，解释说他要去威克斯的另一头见个朋友。“我没告诉你我会来，你还生我的气吗？”

“不，不，我只是饿了。”我叨叨着把头伸进冰箱里找吃的，就好像刚才并没有吃掉一罐速食意面，“你知道我饿的时候什么样。”在瞄到一盒木瓜切片和酸奶之后，我锁定了一扎菠萝汁。然后从橱柜里拿出来前一天买的朗姆酒。

保罗看着我把酒放到在桌上：“朗姆酒，啊？小时候我就想让你学喝酒，要是知道这跟把你发配到热带小岛上一般容易，我几年前就该这么做。”

“一座小岛，一段失败的婚姻。”我边说边倒了两杯，然后浇上菠萝汁。把一杯滑到他跟前，避免与他对视。

保罗认真地抿了一小口，一边嘴里噗噗地表示嫌弃，一边把酒杯放回了桌面：“你知道酒精不是食物，对吧？而且我都不想说你，大腿已经瘦得中间有道缝了，真让我担心。你不适合太过消瘦的体形，丽宝。”

我看了看自己的双腿，意识到这是自四年级以来，又一次能看到自己双腿中间有缝隙了。“随你怎么说。总之，工作还好吗？”

“工作就那样。吞噬我的生活，让我暗自热爱又憎恶它的每一分钟，所以没什么变化。更重要的事情是你现在怎么样？”

我喝了一大口酒，忽略他的问题：“为什么查理和孩子们不和你一起来？要是能见到他们我会很开心。”

“查理在拍片。没有他在身边我一个人照顾不了托比和麦克斯，尤其是牵涉飞行的旅途。另外，我觉得你我需要一些独处的时间。”

“因为你担心我会就此垮掉。”我说。我能感到脸颊开始灼烧，甚至脉搏也开始加速。

“因为我爱你，你个笨蛋，”保罗说，“那你为什么见到我反而不高兴？”

“我很高兴。”

“但是……”他接话道。我却没有继续说下去，他从对面走过来，站在我身边，好像我们都准备望向海滩。“丽宝，到底是什么？你发现汤姆已经和别人上床了？杰姬诉讼你辞职？夏洛把你拉进某个荒唐的邪教了？”

我努力笑了一下：“不是，不是，都不是。”

“那是什么？说吧。当然如果你是因为受到分手的影响而郁闷失落，这很正常，但是我总感觉还有点别的什么事。”

这就是人们所说的事后聪明。我真是愚蠢至极以为可以对保罗隐瞒真相。他可是在我的孪生兄弟。可是即便保罗就站在我面前，像小狗嗅出恐惧一样察觉到我在隐瞒，我仍然在思考是否真的必须告诉他。假如继续隐瞒我这糟糕的病情，那就等于是在保护他吗？

“呃，只是……”

“天哪，丽宝。你要让我来个心脏病发作吗？”保罗双手叉腰，眉头紧锁。我只能想象出假如我是他的谄媚者之一，他可能早就把我扔出房间了。

可是我仍然说不出口。“我们去海滩吧。”我对他说。

我们拿着酒杯走到海边。时近黄昏，太阳落到云层之下。海边空空荡荡，我们站在水边，任凭海水冲刷双脚。

“你说得对。这确实不只关于汤姆。我生病了，保罗。”

我的哥哥瞬间转身面向我，但我没有看他的眼睛。“你是指，脑子坏了？”

“我没有开玩笑。”

“丽宝，请别告诉我跟我猜的一样。”

“好吧。我没有癌症。”

保罗倒吸一口气：“不，你没有。”

我踢了踢沙子：“很抱歉地告诉你，我确实得了癌症。”

“那么你本来打算什么时候告诉我？”

“你知道的。等我死后很快就告诉你。”

他把盛满酒的杯子扔进大海：“搞什么，丽比？搞什么？难怪你最近这么可疑！”

“对不起！”我无力地说。

在两分钟左右的时间里，他沉默着。再一次看向我时，他脸上深深印刻着悲痛，这让我希冀，与其得癌症倒不如干脆换一种快速发作、食肉细菌性疾病，让细菌就地把我吞掉好了。

“哪种癌？”

“你从没听过。”

他把手伸进口袋掏手机。“给我它的拼写。”他说。

“现在先别查。”我请求道，脑海中浮现出我在网上找到的那些图片。之后我还是拼写给他了，然后就站在那里，两颊灼热。他则盯着手机屏幕。

他深吸一口气，把手机放回了裤袋：“好吧。我们可以对付它。

我在西奈山有个客户，他认识全城最好的肿瘤专家。或者去梅奥医学中心和福瑞德·哈金森癌症研究中心。我们能——”

“不要！”我说。

“你是什么意思，不要？”

“只是……不要。”

他看起来好像要摇晃我：“对不起，丽比，但是这不是你能决定的。”

“嗯，是的，是的，是我的决定。这是我的生活。”

“你听见自己在说什么了吗？你听起来像个疯子。”

“我就不应该告诉你。”

“你就是个疯子，都是汤姆的错。”他说，于他于我，都是，“你经受了一场重大的精神创伤。”

“双重创伤，”我纠正道，“但不是汤姆的错。他倒是帮了我。否则，我可能到死都不知道真相。”即便我这么说，可还是希望结果是相反的。是的，我有保罗，虽然我很爱他、依赖他，但这和丈夫的感觉是不一样的——我所谓的人生伴侣——当我最需要他时能陪伴我左右。汤姆能够使我振作。真的，或许他是我这么些年能够保持乐观积极态度的唯一原因。他的爱就像绵延流淌在我潜意识里的提示音：“你看，丽比，即使你妈妈去世了，一切也都能够顺利解决。”而现在生命的航船已将我抛弃在海中，并驶向相反的方向。不管我和保罗说了什么，如果全世界都不知道汤姆出柜的事，那么一切都会简单很多，很多。

我开始哭泣，刹那间，保罗开始安慰我：“我们会渡过难关，丽比。我们会的。”

我又哭了一会儿。然后揉揉眼睛，看着他："我没有开玩笑，保罗。我不打算接受治疗。"

他后退一步，怒视着我，突然有点吓人："我的天，丽宝！你怎么能这么自私？"

"你难道觉得我还有自私的时间吗？"

"时间？是的！长生不老？那都是屁话！你明白吧？"现在他开始哭了。

"别这样。"我说，咸涩的泪水流进我的嘴里。

"我要哭了！闭嘴！"他喊道。然后开始环顾四周。

"你在干吗？"我问，好像我还不知道他在找逃离的路线。

"离开。"他嘟囔着。

"离开？什么意思？你甚至都没有可以去的地方。"

他已经开始走动。"它叫旅馆。"他转头喊道。

"那你怎么去旅馆？"我喊道，双手叉腰。

"用我的脚！"

但是保罗从来不会这么离开，我边想边看着他朝远方走去。

"保罗！"我喊道，"拜托！……回来！"

他停下，转过身，片刻间，我以为他会改变主意。结果他大声喊道："我打算给你一天时间想清楚你的小计划有多么愚蠢。到时候，你和我要一起坐飞机回纽约。"

我摇摇头："我哪儿也不去。"

"好吧。"他转身朝公路走去。

"保罗！保罗！"我喊着，但他已经走远。

25

本想给夏洛打电话，但想到又要和一个不理解我立场的人交谈，我心中暗自抵触起来。于是我吃了一大颗抗生素，然后喝掉了剩下的朗姆酒。发现酒精无法平复心中的伤痛，于是我索性又吞下一片安眠药，连衣服也没脱便上床睡觉了。

伴着“嘭嘭”的声响我醒了过来。窗外仍然漆黑，闹钟的红色夜光数字告诉我现在是凌晨 5 点 43 分。

是保罗。

我赶紧起来。

他站在门口，还穿着昨天刚到这里时穿的衬衫和薄羊毛织裤，现在已然全是褶皱。他双眼充血，深色的鬈发乱七八糟。

“你看起来跟我目前感觉的一样热。”我评论道。

他经过我进入厨房，打开灯：“跟你感觉的一样糟糕，一个刚刚得知自己的妹妹得了癌症的人，保证比你想的要更糟糕。”

“我们两个人之中只有一个会死。”我说着，跟在他后面进了厨房。

他在台面另一头看了看我：“错误。”

“怎么说？”

“你不能死，丽比。你是我的全部。”

“不对吧？还有查理呢，还有孩子们呢。”

他前倾着身体把胳膊肘靠在台面上，揉了揉眼睛。然后抬头看看我：“你是妈妈留给我的全部。别告诉我还有爸爸，因为你知道那不一样。”

“噢。”

“既然你知道我来这里的目的，那么我必须再问你一次：你为什么这么做？”

我不确定该怎么回答，所以叫保罗跟我进卧室。找到电影《你的妈妈也一样》的碟片后，我从梳妆台拿过笔记本电脑，爬上床，让保罗坐在我旁边。我把电脑放在我们俩之间，开始播放碟片。

“你看，”电影结束后我说，“现在你明白了吗？”

保罗扭转身子面朝我：“亲爱的妹妹，我所看到的是，一个身陷危机的女人将现实生活与西班牙语电影纠结在一起。我的意思是，我理解你最初离开芝加哥的冲动。我听说确诊癌症后的前几周人会变得脱离现实——你觉得你不再像以前的自己了。但你不是露莎，丽比。”

“不，”我同意，“我不是。但我所做的一切都是有原因的。”

“那是什么？”他嘲笑道。

“妈妈去世前，叮嘱我要照顾好你。”我告诉他。

他和我都笑了，母亲竟然有如此荒唐的嘱托。“真的？”

“这很荒唐，我知道，”我说，“她垂死的时候是我此生最刻骨铭心的悲伤往事。即便这么多年过去了，我仍然感觉自己身上被掏了一个大洞。当医生告知我患了癌症时，我所想的全部都是我该如何让你与父亲再次经历这些。我不想拖延下去，让你们忍受不必要的折磨。”

“噢，丽宝，”他说，“我很抱歉。”

我握起他的手，跟握着我自己的手似的——这是我们俩相似的身体特征之一。我查看他细长的手指，方头指尖，然后翻过来。他的手，和我的一样，有一条很长的生命线穿过掌心。“不，对不起，”我说，“我不应该一直隐瞒你。不过你最近好像很开心，我不想搅扰你的好心情。”

“我最近是挺开心。跟查理还有两个儿子的生活比预期的还要好很多。但是隐瞒你的痛苦与照顾好我是截然相反的做法。”他噘起嘴，“我的意思是，除了我还有谁会告诉你，你的看法全都错误？随你怎么指正我，但你甚至还不清楚你的癌症目前处在哪个阶段。”

我在想桑德斯医生说过的话，还有从网上读到的信息。“我很确信我的癌症只有两个阶段，确诊和等死。”

“但你并不确定。”

“不。”

“的确如此。所以，来吧，咱们看一下。”

“看什么？”我说着，掀开了衬衣好让他看见我肚子上的血腥战场。

他仔细打量着伤口，几秒钟后把我的衬衫拉下来，看着我说：“你会没事的。”

我哼着鼻子说：“保罗·罗斯，人体核磁共振扫描仪。”

他挥挥手叫我卸下质疑：“现在不是你去世的好时机。就这么简单。”

“很抱歉我的病在一个你不方便的时间出现。”

“我没说它不方便。它不合情理。”

“现在谁是过于乐观的那个人？”

“别这样，丽宝。只是——我只求你为我这么做，好吗？”

“治疗？”

“是的。你想在哪里都行。纽约，芝加哥，波多黎各——都没有关系。还有你想要的任何医生或医院。我会支付你医疗保险不承担的那部分费用。”

自从无礼地辞职后，我确定自己不再有保险，所以在威克斯看医生时我是用借记卡支付的。我想我最好还是不要告诉他这一点。“你这话听起来挺像夏洛。”我告诉他。

“他不算差。”

我思考了几分钟。然后说：“我计划在这里待满一个月，继续完成这个计划。而且我还需要确认公寓出售的事，在那之后，我绝对会以最快的速度去看医生，去了解我能有哪些选择。这样好吗？”

保罗勉强挤出一个浅浅的微笑：“然后来和查理、孩子们还有我共度时光？”

“前提是我不住院。”

“太好了。”他上前拥抱我，“可别扫兴哟！”

“怎么说？”我警惕地问。

“一切都会好好的，丽比，”他说，又抱抱我，“我就是知道。”

“好吧，”我说，“好好的。”讨厌再一次和我的哥哥撒谎，但他便是这样，在我的彩虹桥上滑滑梯，我却没有办法将他推到一边。

保罗从来不是一个轻易满足的人，不是，他倾向于每周更换银行账户密码，上完洗手间要检查裤子的拉链拉好与否好几遍，烤牛排一定要熟到硬度刚刚好差一点就能让人硌掉牙套。所以我并不惊讶于他还要继续跟我谈癌症的事，即便我已经表示会考虑不同的选择。“你必须告诉爸爸，你知道的。”他喊道。我们坐在夏洛租来的一艘泛着白光的船上。这样我们三个人可以去库莱布拉岛一日游，这是飞来威克斯时在空中俯瞰到的岛屿里的一小座。

“我知道！”我喊回去。海风很大，海水的碎浪飞溅到脸上，让正常的对话变得非常困难。不过这好像并不影响保罗。

“尽快！”他喊道，“最好是面对面。”

“我知道。”我说，这回都懒得提高嗓音。

船突然撞上一个大浪，我紧紧抱住救生圈，有点担心它是否真能救命。船又撞到浪头，我伸手握住金属安全扶梯，稳住身体，然后赶紧缩回来，因为发现自己这么做挺尴尬。死于癌症还是被鲨鱼吃掉，有什么区别？死就是死。

当然不一样。看着夏洛和船长兴高采烈地交流时，我默默承认。其实我的反应只是为了防止意外，好让我在上天关闭我的希望之门时，能够保持一副从容与镇定。但随着确诊日期一天天地远去，我对优雅离世的期盼渐渐变为一种赶紧回归世俗的渴望。

保罗对于我回归世俗有他自己的想法。我们刚到达库莱布拉岛的浅水区，他便开始质问我：“你有没有开始计划治疗以后该怎么办？”我们跟在夏洛身后蹒跚地走上闪闪发光的沙滩。夏洛则在寻找树荫好让我们吃午餐。

我从太阳镜后面斜瞟了保罗一眼：“你是什么意思？”

“你有机会重来一遍。我不是说你必须来纽约，但这是明智之举。不管怎样，你可以做些跟以前不一样的事。即便没有杰姬的推荐信，你的简历也足够优秀，你本人这么出色，你选一个行业，我来联系些关系，第二天你就可以去上班了。你可以成为出色的制作人，或者活动策划人。或者，如果你乐意，你还可以做猫科动物顾问。你能做任何想做的事。任何！多么激动人心！”

或许这种抽象的蓝图真有点让人激动。因为关乎我的现实生活，重新开始一切的想法让人感到非常不舒服。

“也许吧。”我说。

“丽比，可以帮一下我吗？”夏洛正准备把一块薄棉毯铺在树下。

我充满感激地看了看他，然后抓起棉毯的一角，想把它铺平。保罗从我手里接过棉毯：“来，让我来。”他说。

“我可没有报废，你看。”我说着，拿一只凉鞋压住棉毯边缘以固定位置。

他扬起一边眉毛：“我没说你不行，我只是想让你放轻松。”

我坐在毯子上，从夏洛准备的露营餐篮中拿出一瓶苏打水：“我现在正和自己最喜欢的人在加勒比海中央地带，什么都不用操心。如果这还不算放轻松，那真不知道什么才算呢。”

保罗继续接茬：“很显然，一切都取决于你在哪里接受治疗。昨晚我做了点研究。”

“当然。”

他比我出的汗还多，于是索性脱掉马球衫，然后认认真真叠好，放进自己带来的帆布手提袋里。“还有，如果我们的角色转换一下，你还会这么坐着什么都不干吗？”

“不。”

“叮！叮！叮！我们的神经系统是相通的！”

我从餐篮里抓过一把塑料小刀：“要不要我在你身上割来验一验？”

他不理会，接着说：“梅奥医学中心在进行第二阶段临床实验，听起来真的很有希望。哥伦比亚有位医生已经写了好几篇关于T细胞淋巴癌的研究论文。”

“一次一件事。”夏洛边说边用胳膊搂住我。

保罗对他皱了皱眉，我能看出来他心里的轱辘在打转，这个陌生男人怎么会如此保护自己的妹妹。

保罗肯定意识到夏洛的初衷是好的，因为一分钟后他说：“没错。一次一件事。”

午餐后我们各自划独木舟出海。水面平静，夏洛和保罗轻松划出几百码远，而我却在近岸处徘徊。我确实同意接受治疗，但我想象不出那会是什么样的画面。我试着构想自己撑坐在浅色皮躺椅上，静脉注射液一点点流进我的血管的景象，可是脸部却是母亲的脸，而不是我的，母亲朝我看过来。

我摇摇头，然后低头看着海水，希望鼓励自己心中的眼睛看到离开威克斯后的生活将会有积极乐观的一部分。但玻璃般墨绿色的海水并没有带来丝毫灵感。我完全想象不出自己所谓的下一阶段的生活会是什么样，这更说明保罗的论证只是一厢情愿。

我不确定在原处漂浮了多久，保罗已经绕回到我身边。“你和汤姆谈过你的健康问题了吗？”他的船头温柔地撞了我的船腰。

“没有。”我说，同时看着一群银色米诺鱼从我们中间游过，然后消失在昏暗的深水处。

“你打算告诉他吗？”

“不打算。但你若想邀请他参加我的葬礼，我想你可以这么做。我比较倾向于让他坐在最后一排。”

保罗苦笑：“我真希望你别再那么说话。”

“抱歉。”

他的独木舟开始向后漂浮，他举起船桨，搭挂在我的船腰，让两只船连在一起。“你想他吗？”

我摇摇头：“一点也不。”

我不想，我告诉自己，但这其实一点也不可能。我想念夜晚时分汤姆把我抱在他怀中的感觉，我们蜷着身体，就像俄罗斯套娃。我想念他跟我说话时，把我的一绺离群卷发挽过耳后。想念那种相信我属于他他属于我的感觉。

“你很快还会恋爱的。”保罗说。

“或许。”我说着，扭头看了看夏洛，他正划向远方。

“奇怪不奇怪？”保罗问，“这么快就和别人在一起了？不是说我觉得这样不好，但……你们俩在一起看起来非常和谐。希望没有什么能挑战你们的关系。”

“不会的。”

他看了看我。

“干吗？”

“小心点，丽宝，”他说，又看了看夏洛，“我喜欢这家伙，但他不值得你搭上整个人生。”

“相信我，他会是第一个同意你观点的人。除了他的‘一次一件事’，他一直在做我的思想工作，让我离开威克斯去看专家。”

“哈！”保罗说，好像不相信我的话，“总之夏洛就是这么回事。目前唯一需要我们关注的人，丽宝，就是你。”

乘船回威克斯时，夏洛温柔地搂着我的腰，我的头靠在他的肩膀，就这么一直到威克斯的码头。或许我一开始就不应该和他共进晚餐，那么就不至于爱上他，保罗也就不会联系他从而找到我，我将会有更多时间来安排临终前的日子，而不至于被打断。这些种种都有可能发生。船泊入码头时，我让自己离开夏洛的身体，但心中有种奇怪的庆幸油然而生，还好一切都没按照其他的可能发展。

26

“唱歌给我听，小丽比。”

“什么歌，妈妈？”

“我们的歌，丽比。”她说，努力微笑着念出她事先练习好的歌词。要唱的歌其实只有一个选择。但保罗和我总是会问。那一天，跟平常一样，她应答道，“你是我的阳光。”

母亲还有一周左右的时间，但我却不知道。她已经断断续续地昏迷了一整天。醒来时，她总是大声咿咿呀呀地说着什么。她意识清醒时，我便好像可以永远相信，她能够挺过难关。我把手放在她手上，为她唱歌。似乎时间为我们所掌控，死亡由母亲来选择。

你是我的阳光，妈妈，看着她的眼睛在浅浅的薰衣草色眼睑下颤动，我心里这样想着。自打我有记忆起，母亲便会在保罗和我睡前唱这首歌。自从癌症剥夺了她的体力，不再允许她待在家里，更不用说晚上在我们卧室门口唱歌，保罗和我便为她吟唱我们的版本。“请不要带走我的阳光”变成了“每天多唱几遍”，苏醒过来寻找消失的爱——这一段歌词被我们全部删掉。也许母亲发现了我们这番微不足道的努力——试图让旋律更轻快愉悦，但她并没有指出，而仅仅让我们再来一遍。

母亲去世后，我发誓再也不唱这首歌。它是一个诡计：死亡与毁灭包裹在无辜的摇篮曲中。作为一个成年人，我曾经从表姐女儿的幼儿园逃跑，因为听到一只泰迪熊发出这首歌的旋律。有些玩具制造商把音乐盒缝进眼睛闪亮的小动物玩具里，毫无疑问，他们知道收到礼物的孩子有一天将失去最亲的人。

保罗一早要回纽约了，可我脑海里的第一件事竟然是这首歌。我又哼了几句才意识到自己在干什么。于是打开收音机想让明快铿锵的萨尔萨舞曲掩盖心中循环往复的特殊旋律。

但是不起作用。我驱车前往保罗的旅馆时，那旋律还在耳边萦绕。他正站在大厅，一手拿着电话，一手提着行李。他突然放下手里的东西，上前拥抱我。

一直抱着我。还抱着我。“你这是已经治愈了吗？”我大笑。

“一点点。但主要是不想离开你。你确定不想现在跟我一起回去吗？”

“你知道我不能，”我说，推开他，“但很快就团聚啦。”

“不过我们还没制订明确的计划。”我们上吉普时他说。

“没有明确的计划，不过现在除了飞去纽约还有什么可确定的？”

“你有大概六天的时间来预订机票，你最好早做打算。”

“谁说还没有呢？”

他扬起一只眉毛。我笑了：“好吧，好吧。或许是我对整件事不够有远见，但我今天晚些时候就订机票。最晚明天绝对搞定。”

“你要乖一点，让我来安排好一切。我的助理五分钟就能解决。既然已经说到这里，为什么不先到纽约来，到了以后我们立即为其他的事做准备？”

“是的，我想死在纽约了，要在冷死人的寒冬腊月赶过去。”

“够了，别再用‘死’字一语双关了。”

“太过了？”

“一向如此。”

我把吉普开到渡船停车坪：“我会订好机票的，别担心。”

“你最好这么做。”他看了看渡船，渡船正在缓缓进港，然后转头看我，“虽然我很想回到查理和孩子们身边，但我希望我能留下来陪你。”

“我知道，”我说着，一面打开车门，“但你不想错过渡船。下一艘可是五个小时以后。”

保罗叹了口气：“那好吧。”

我们大概说了八十二次再见，每次都比前一次更令人泪眼蒙眬。保罗上船后，斜倾过扶手。“丽比！”他喊道，“我最爱你！”

我给他一个飞吻，直到渡船变成天边的一个小点。而母亲的旋律，却一直漂浮在我的脑海中。

请不要带走我的阳光。

回到海滨小屋时，夏洛在台阶上等我。昨晚他打电话问我是否可以容他住几日，他不想住公司的小单间。我欣然同意了。

瞄了一眼瓷砖台阶上靠在他旁边的行李箱：“原来你有这么多衣服。”

他眨眨眼：“我多带了条换洗的底裤。”

“噢，其实用不着这样。”

“愿为您效劳。还有，我带了望远镜。”

“为了偷窥邻居？”

“要是在圣胡安肯定能窥见更多情节。但观赏星空的话，这里好多了，而且又快到月缺时分。”

我们把他的行李放进屋，然后开车去探索岛西面的一个他告诉我的公园。在公园里，我们遇见十来匹觅食中的马：细长的身躯，各种矫健的肌肉和肋骨，从一片草丘转移到另一片草丘。当初坠机到海滩，那几匹野马驱散了我的惊恐，我情不自禁地将它们视作一种吉祥之兆——虽然不确定这一次会是什么好事。之后我们选择回海滨小屋吃晚餐。夏洛一面为墨西哥玉米卷准备烤鱼和烤洋葱，一面讲述他的童年时光。他父亲带着全家人一次次从波多黎各搬去美国大陆，可是每次在一两年后又得搬回岛上。他说，这促使了他母亲提出离婚。夏洛不喜欢搬来搬去，但却喜欢飞来飞去。从第一次飞行体验开始，他就爱上了这一行。他告诉我，他从来没有考虑过飞行员以外的职业。“你还记得吗，在飞机上时，你说你喜欢远离全世界的感觉？”他问。我点点头，“我在空中时，感到百分之百地自由。大部分人讨厌起飞时的感觉。我就是为那几分钟而生，冲上云霄时，一切的烦恼都抛在身后了。”

他一直讲述着，过了很久才放下锅铲。整个晚餐时间，我发现自己都在盯着他看，偶尔问一两个问题。当初在机场我竟然那么快就把他拉黑了，我竟然那么容易就说服自己我们俩之间仅仅是纯粹的欢愉。但在这里，在我面前的是一个好男人，让我吃惊的是还没有听他对任何人做过负面的评论。即使谈到比较糟糕的情况，比如他父亲没有能力为家庭提供所需的照顾，他也仅仅就事论事，而没有责怪父亲。我喜欢这样的人，却未曾邂逅几个。

太阳西斜时，我们出门架设望远镜。夏洛在花园里设定三脚架时，问起我母亲的事。我通常不太喜欢主动提她。因为不愿让人可怜我——可怜的丽比，十岁就没了妈妈。更主要的原因是，我不知该用什么样的语言来形容丧失至亲的感受。怎么会发生这样的事情，这一秒还跟你在一起的人，经历一个糟糕的时刻后，就这么——逝去了？永远？汤姆的回答从来都一样："你母亲没有逝去，丽比。某一天你还会再见到她。"曾经我选择相信他的话，即便怨恨这根本无法给予我真实的慰藉。我不想听到真相，哪怕是从自己丈夫嘴里说出的真相。也不想听所谓的上帝有个计划，一切发生之事皆有原因之类的说辞，或是其他触碰到我心灵的勉强安慰之辞，宛如鹅卵石敲打玻璃窗发出"砰"的一声。

我把这些都告诉了夏洛。时隔上一次与保罗和父亲以外的人谈论母亲已是好多年。我迟疑不决地说着，不确定该如何形容我的孤独。"我确定这些听起来很愚蠢。"我结束时说道。

他轻轻地吻了我："并不是，对我来说不是的。强尼，一个和我一起在圣胡安长大的小孩，在我们快成年时死去了。那对我来说是件很恐怖的事——他有未知的心脏问题，他在一场足球比赛中倒地身亡。相信我，我知道这和失去父母不一样，但即便此刻，我仍然很难接受这个事实，我再也没有机会跟他说话了。我们从小一起玩到大，即便我和父母搬来搬去，我们仍然是朋友。他永远没有机会看到如今已经成年的我。我也永远没有机会知道他会变成什么样的人。”

我点点头。是“永远”让悲痛欲绝区别于其他情感伤痛。永远所隐含的无法修复的特质让失去亲朋令人难以接受。保罗是对的吗？我应该尽我所能地拖延“永远不再”，不惜任何代价？

夏洛调整了望远镜仪表盘，然后示意我看取景器。

“能看到吗？”

慢慢地，我们上方的云团呈现出无数独立的闪烁点。

“哇，能。”

“太好了。”

“你有时候听起来真像个愣小子。”我逗他道。

“我就是愣小子，小可爱。在海滩长大总不能脑壳缝里不进沙吧。所以，你认出哪些星座了？”

我眯着眼睛：“那个小长柄勺算吗？”

“算。不过你还能认出更多。”他拿过望远镜，又调试了一下，“现在再看。往正中间看，应该能看到仙后座。在一年中的其他时候你可能很难看到它，但十一月它会燃烧得特别明亮。找到两个 L 字母对角相连。它周围有一些银河系最年轻的行星。很神奇，是不是？”

“啊哈！”我说。可是我刚找到仙后座，左边远处泛红色的闪光就吸引了我的注意。“那边红色的东西是行星还是什么？”

“不是，它们也是星星。你可能看到一块较大的红色物质。它们已经很老，接近生命周期的尾声，燃烧时不再释放高热量，于是颜色就变红了。”

“所以星星越是接近生命的尽头，就会越美丽。”

他大笑：“如果你喜欢红色。我猜你可以论证时间让很多东西变得更加迷人。”

“汤姆不是。”

“或许目前看不出什么进展。但你现在做得很好，给自己一点时间，丽比。”

时间是不属于我的奢侈品，我把头埋进望远镜里时想，一颗星星闪现了片刻，它也许就此烧毁焚尽，也许几个世纪前便已爆裂毁灭，然而光信号未能及时传播到地球。双眼还在看着取景器，我一边问夏洛是否相信来世。

“嗯，从文化上说，我是个天主教徒，所以或许我应该相信。但更多时候我觉得担心来世的问题是毫无意义的。”

“所以你不相信有天堂一说？”

“我没那么说。我的意思是，没错，天堂听起来很美好，但谁知道呢？大部分人都不介意天堂不天堂的，即便等他们死后。但有一天，没人再对天堂的说法买账。有一天，整个地球都会爆裂毁灭，我们都会变成星际物质。埃及艳后？亚伯拉罕·林肯？亚当和夏娃？跟谁都无关了。”

“好吧，这听起来很乐观。”

“确实，在某种程度上是这样。我们需要强大的勇气去克服未知带来的恐惧，集中精力活在当下。这才是最重要的。”

“那假如你的当下很糟糕呢？而你都无法想象未来会如何发展，更不用说重拾希望了？”

他的气息落在我的脖颈上，很温热：“是这样吗？你在和糟糕的事物做斗争，丽比。但是，当下，此时此刻，很糟糕吗？”

我靠进他怀里，他的双唇吸吮我的肉体，我的肌肤因渴望而紧张。“不。”我耳语道。

“那就享受吧！”他耳语道。

27

公寓。我几乎把这件事忘干净了。幸好拉吉还记得。

“是时候签署正式文件了，丽比。你仍然打算回芝加哥吧？”

我坐在侧面花园。离我的脚不远的地方，几只墨色小鸟正在争夺面包屑。面包屑是我啃食法式长面包时掉落的。“这是一个很好的问题，拉吉。”我说着，嘴里还满是面包。即便我对保罗做出过保证，但还是没有预订去纽约的机票。不过再过几天在威克斯的假期就结束了，是时候订票了。我嚼完食物，“就目前来看，先假定我不回芝加哥了。”

“你能改变计划吗？”他问，“据你的房贷合同说明来看，你本人或者汤姆必须有一人出面。”

好吧，我的纽约航班。我从长凳上起来，小鸟朝反方向飞走了。“非常好。”

“除非他近期死去，否则所有文件上都需要他的签名。你们俩确实是合法共同所有人。告诉我在哪儿可以找到他，我会把文件发给他。”

我叹了口气。在汤姆那里肯定不会顺利过关的。“没问题，拉吉。”

一方面，我完全可以让剩下的时光来得更容易些，也就是伪造汤姆的签名，我即便睡着了都能写出他的笔迹。但另一方面……我并不想因欺骗汤姆而让更多因果报应施压于我。我打算咨询米拉格罗斯。

“你相信报复吗？”我问她。

我们在路边走着。鉴于当初差点被黄卡车撞飞，我现在不再为行走于狭窄柏油道边上更为狭窄的荒草带而感到刺激。米拉格罗斯说，她的海滩相关词汇已经枯竭，是时候在我走之前教我点不一样的了。

“报复？”她说，“相当于以牙还牙？”

我用我最喜欢的一个新词说：“或多或少。”

“比方说，你看见丈夫出轨时，难道不想‘做了’他？”

她眯眼看着我道：“他正在跟别人做，我怎么‘做’他？”

我咯咯笑。

“告诉你，”她说，“宇宙会照管好一切的。看看我的前夫——那可悲的家伙溺亡了。”

我以为是她的真爱溺亡了，不过也许真爱和出轨者是同一个人。总之，感觉米拉格罗斯的过去像个寓言故事：若是从字面意思来理解她的任何一个故事，你可能都会领悟偏了。

“别想着报复。尤其是对于你丈夫。”

“前夫。”

“我就是这么说的。”她大笑。

我告诉了她公寓的事——因为担心汤姆不愿意在文件上签字，我在考虑假冒他的签名。

“然后呢？”她说，“还有别的。”

“我有癌症。”我平静地说，做好准备迎接一连串提问。

但米拉格罗斯只是点点头：“你前夫不知情。”

“不知情。”

“哎。”她咬了咬下嘴唇，继续走路。过了一会儿，她说，“我很抱歉你得了癌症，姑娘。但还是给他一个为公寓的事做出正确选择的机会吧。”

回想多年前和汤姆一起找房子的经历。我想在洛根广场买一处石灰岩建筑里带隔层的公寓。汤姆说那是上世纪奇怪的产物——厨房空间有限，卧室衣橱都建于角落，衔接一层和花园的台阶还很狭窄，再次出售会比较困难；而且距离市区太远。这些可能都是对的，但我在那里找到了家的感觉，而且非常喜欢。后来我们去看我俩最终买下的公寓，它位于巴克城和维克公园交界。我承认这公寓照明条件良好，设计得很适合休闲娱乐，但看起来毫无生命力。汤姆认为原因在于这座公寓楼本身是新建筑。另外，这里与洁西和奥莱利的住处仅几个街区之隔，且所在区域的地价处在迅速增值期，居民群体可能过于中产阶级，但这里几乎临近一切资源。我并没有因为这些原因妥协，我妥协是因为汤姆爱这里，我爱着他，我想让他快乐。他很有可能并不情愿和这份快乐分离。

“即便给他选择的机会有可能导致我处境困难？”我问米拉格罗斯。

“是的。否则，你就是和他一样糟糕的人了。现在，我们说到哪里了？”

“你再教我一个词——”一辆四驱车嗖地冲过来。我往后闪跳，拽住米拉格罗斯。她跌撞向我，我们俩一起滚落在地。

“小心汽车！”我说道，一阵剧痛穿过腹部。

米拉格罗斯翻了个身，撑着站起来："新词汇：小心汽车。小心汽车！"

"很抱歉，米拉格罗斯。小心汽车总比摔瘸了好。"我难为情地说，然后站起来。

"对我的屁股说，"她说，接过我伸出的一只手，"现在继续。还没结课呢。"

回去一小会儿后，我给汤姆打电话："我打算给你机会做出正确选择。"

"嗯，嗨，"他说，"接到你的电话我很意外。"

"别惊讶。我打电话来是因为有公寓买家出价了。我需要你签署相关文件。"

"你不是认真的吧？"

我跳下厨房台面，打开冰箱。除非我想靠鸡蛋和番石榴汁存活，不然就该补货了。"我向你保证我是认真的，汤姆。真的。"

"丽比，你别想错了，不过我真的认为你应该去看看心理师。我的心理师说这对你我来说都是很艰难的时期，也许对你来说更艰难。"

"他这么说？真有趣。"我说着，关上了冰箱。

"她。"他纠正道。

"好吧，她说得对。这对我来说很难。最近发生很多事情，我可没心情跟你解释。"

"比如你丢掉工作？"他问，"我猜杰姬不会准你长达一个月的假期。"

我移到橱柜旁，里面的情况跟冰箱里一样惨淡。“我没有丢掉工作，汤姆。我不干了。”

“拜托。”

“我是认真的。”

他沉默了片刻：“你卖公寓是因为你需要钱？”

“事实上，我打算把卖房的钱捐给慈善机构。”如果我确定要接受治疗，那么很快便需要启用我本人的慈善基金。但现在还不是泄露秘密的时候。

“什么？”他听起来吓到了，“全部？”

我意识到，我需要出门觅食，于是穿上凉鞋。“付首付的钱本来就不是你的，也不是我的，是我母亲的。你也知道是我在偿还大部分贷款。”

“我想是这样的，但是，哎，丽比，你难道不觉得你应该提前告知我你的计划吗？至少那也是我的家。我知道我伤害了你，我发誓我不想那样做。但你不能这样做，好像过去十八年我们并没有在一起似的。”

我没有回应。

“我希望你去加勒比海游玩时至少也应该让我住在公寓里。”他补充道。

游玩。他的思考方式可真滑稽。“汤姆，我确定你不相信我，但我很抱歉。离开芝加哥似乎是我唯一的选择。但你是个聪明人。而且收入可观。我相信你会想清楚的。”说着，我拿起门边挂钩上的钥匙。

“我会吗？”他并没有讥讽的语气，“我们总是一起做任何事。

我想念你。”

也许这就是汤姆不断妄想我们的婚姻能继续下去的原因吧。我们确实一起处理任何事情，没有我在身边，他不知道如何做决定。我有点想要帮他的冲动，也许是出于习惯。

“汤姆，我也想念那个没有伤透我心的‘你’。”我边说边从身后锁上门，“我会把文件寄给奥莱利，请注意查收。”

“我不会签字的。我认为你的决定很草率，而且是针对我的。你还处于惊惧状态，我不能让你这样做。”

要是他知道癌症的事，我想着爬上吉普。“没有什么‘让我’的说法，汤姆，放手吧。”我告诉他，“告诉洁西我向她问好，还有我挺好的。”

他没有挂电话，我也没有。“我还会再见到你吗？”过了一会儿他问道。

“我不知道。”跟出售公寓不同的是，法定离婚程序上必须要与汤姆有个照面。不过，他的背叛带给我的刺痛已渐渐淡去，而且在我们同处一室前，我也不是没有可能完全原谅他。

“我很抱歉，丽比，”他说，“我并不想毁掉你的生活。”

吉普面朝大海，透过挡风玻璃，看得到冒着白尖的波浪掀到狭长的沙滩上。“汤姆，你可能不相信，甚至不明白我的意思，但你没有毁掉我的生活。”我打开引擎，“真相是，你把它还给了我。”

28

我选了两张单程机票：一张从圣胡安到芝加哥，在那里停留一周解决出售公寓的事；另一张从芝加哥到纽约。一切都按照保罗的计划顺利进行，我将很快贡献出自己的“人体小白鼠服务”。

“我不想这么做。”我对夏洛说。他坐在我身边，我们在一间提供因特网的狭小咖啡馆里。

“‘这么’指的是治疗？还是离开波多黎各？”

“两者都有。”我说，然后点击了第一张机票的购买键。

“你有什么损失吗？”

窗外的棕榈树在清风中摇曳。“天堂。”我说。想着众多将要强加于我的事情——药物治疗，人们的关注和同情——我补充道，“掌控。”

夏洛喝掉意式浓缩咖啡：“掌控是一种假想。你知道的。”

“我知道？”我说，眼睛看着“现在购买”的按钮，这将让我从一座寒冷的城市飞往另一座寒冷的城市。我点击确定，然后不再看电脑屏幕。“我的意思是，我不想打破世界和平，但我希望自己还有一定的掌控权，掌握短暂而突然充满精彩的生活。”

“如果你这么觉得，亲爱的。”他从椅子上起来，站到我身后，将手指温柔地伸进我的头发。我仰头向后，希望这种在我身体里流淌的放松感觉能够收藏在瓶子里。“我乐意提供支持，可以跟你一起去待上几个月。”

“你在这里有自己的生活，真是的。”

“好吧。我光荣的单身床垫，我的酒肉兄弟，我的家人——噢，等等。我最亲的亲人就住在距离我公寓几小时车程的地方。”

“但你刚刚被允许再次飞行，”我抗议道，“你肯定迫不及待地想回到空中。”

“我正打算呢。”他轻轻吻了我，“另外，你知道我不走寻常路，我就喜欢做我想做的事，我想和你多待一段时间。”

我感到受宠若惊，但这似乎仍然像一个不切实际的选择。“那要是我们远离赤道去一个寒冷的地方，你发现自己在一个错误的女人身上浪费了几个月的时间，你会怎么做？”

他松开我的头发，坐下来：“我们是在谈论我，还是你？从我个人来说，我不在乎是否所有情况都能顺利发展，但我不会因为各种假如而放弃尝试。”

我一句挖苦的话也想不出来。相反，我靠过去吻了他：“我会特别想念你的。”

“我也会想你。但你已经知道了。”他又吻了我，然后说，“治疗以后你打算做什么？”

那时会发生什么呢？陷入思索的我大脑一片空白。突然，我不再是和我的情郎坐在加勒比海的一间咖啡厅，而是在纽约寒冷潮湿的街道行走，看着无数张陌生人的脸。我在为自己并不喜欢的岗位填写无数求职申请。人力资源部的人或是电脑程序将筛选总结我的申请结果，认为我并没有使用正确有力的动词来展现我无尽的才华与抱负。

我的约会对象一个比一个糟糕，城市里小于五十岁且有资格跟我约会的男人比树林里的象齿啄木鸟还稀有，而单身女性们远比我年轻貌美，比我健康，这样的女人像蚂蚁群似的扎堆存在。以前所有的预想中很难涉及的可能性是，在未来，我还活着。即便是那样，我还是漂泊着，孤独着。

“我不是应该享受当下吗？”我问夏洛。

“一针见血。就目前来看，这似乎是个不错的时机，至少开始思考什么能够让你开心。”

我认为自己给了他一个灿烂的微笑：“让我来想想。”

我确实想了。在接下来的几天里，更多的黑咖啡和玛优卡面包卷，更多的海边漫步和原生态公园远足。最后一节西班牙语课上，米拉格罗斯从旅游相关的词汇讲起，逐渐发展到以多种方式辱骂酒鬼，这让我们俩喝得酩酊大醉。确切地说，大部分时候，我都在思索假如真能幸存下来，我到底想要什么。

曾经最想要的是有一个自己的孩子。甚至比做汤姆·米勒的妻子还要渴望做一位母亲，尤其是想有个女儿，名字随我母亲叫夏洛特（当然若是个儿子，我也同样开心，而且他肯定不介意被叫作夏洛特）。

但这并没有在汤姆和我之间成为现实，即便多年来我们不断努力和检查。医生建议体外人工授精时——所需花费并不在我医疗保险可支付的范围内，而这大概和我们所有豪华家具的破费不相上下——汤姆对此支支吾吾。而我提出收养小孩时，他表示阻拦，认为收养程序很不明确，让人头疼，建议我们还是放手算了。

我同意了，即便这有悖于我的灵魂。

我对孩子的渴望并没有淡去，只是婚姻和健康问题使得拥有孩子的渴望显得有点自私，可能还有点偏题。

但起程飞往芝加哥的前一晚，夏洛再次问我最想要什么时，我没有假装激动于未来会有光彩熠熠的新事业、积极正面的人生观或者重回到波多黎各。相反，我坦言，假若有奇迹让我活着，而且健康情况还不错，我保守地认为生一个孩子应该是我最想实现的愿望。

“一个孩子？”夏洛惊讶地说。

当我抱起托比和麦克斯时，他们敦实的身体和丝绸般柔软的皮肤激起了我本能甚至贪婪的反应：真想大口大口吞食、汲取他们的美好。若能活得足够长久，生下我自己的孩子，见证她上幼儿园的第一天，高中毕业，或者她有了自己的孩子的时候——总之，我无法让母亲复活，所以已经没有比见证这一切更美好的事情了。“我知道我可能吓到你了。”我告诉他。

一缕月光落在他的脸颊。“谁说我不想要孩子，丽比？虽然我没有孩子，但不代表我不想做个父亲。”

我们躺在沙滩的毯子上，看着天幕中的星星。我坐起身，甩甩头发里的沙子：“我可不想争执。”

“这不是争执，这是很难交流的一个话题。是有区别的。”

我叹了口气，重新躺下：“对不起，这对我来说是个很感性的话题。”

“没关系。对我来说也一样。如果你问我，我会告诉你我想要至少一个孩子。一个女孩，如果可以选择的话。”

“我也一直想要女孩，”我承认，“我想叫她夏洛特。”

他点点头：“为你母亲。叫夏洛特・帕特西亚如何？是个蛮不错的名字。”

“我喜欢这个名字。”我表示认可。

“而我爱你。”

我看向他，有点希望他说他是开玩笑的。但看到他微笑时，我的胸口涌来阵阵暖意。“哇塞。”

“我知道我可能吓到你了，但这就是我的感觉，我相信不需要把好的东西藏起来。”

“我没有被吓到，”我说，事实就是这样，“非常好。谢谢你。”

当然这很难不让我联想到汤姆第一次说他爱我的时候。那时我们不过才约会了几个月，他的表白也有点早。他从驾驶位倾过身子，吻我道晚安。然后对我耳语道：“丽比，你真棒。”他抚摸我的脸颊，“我想我是爱上你了。不——不仅仅如此。我爱你。”我非常震惊，不知如何回应，但心里在想：我也爱你，汤姆・米勒。从我第一眼看到你，就爱上了你，我会一直爱着你，永远。

我对夏洛的感觉是不一样的，或许这就是为什么我不断让自己沉浸其中。即便我们以戏剧性的方式邂逅，而且他对我有一种瞬间产生的吸引力，我却没有当初对汤姆那种疯狂的、强烈的感觉。相反，我对夏洛的好感平静而适度……就好像自然而然发生的事。

那晚做爱之后，我躺在夏洛的臂弯里，悲伤却满足。窗户敞开着，外面传来的波浪声与他的心跳声相匹敌。微风清凉，拂过我的脸颊，但彼此的肌肤在薄薄的被单下相互温暖着。过了一分钟左右，他翻身面对我说："晚安，小可爱。爱你。"

"我也爱你。"我说。

29

太阳刚刚露出地平线，我便起来了。夏洛趴在床上沉睡着。他的背脊还是让我有点小惊讶。我清楚汤姆每一颗雀斑的位置和每一个面部表情，甚至知道他最怕痒的地方——左肩胛板下部——一挠那儿准让他开怀大笑。我完全不知道夏洛是否怕痒，即便他也有雀斑，但我无法确定任何一颗所在的位置。

我也不会知道。

试图让这个想法退居到我思想某个角落的蜘蛛网上，我轻轻打开后门。仍然穿着睡觉时的 T 恤和底裤，我走上空荡荡的沙滩，一直进入大海。海水很凉，比我刚来时凉多了，但这是我与加勒比肌肤相亲的最后机会了，所以我还是蹚进水中。海浪漫过膝盖，升至腰间，包围仍然隐隐作痛却不再刺痛的伤口，最后掩盖过前胸。T 恤冒着气泡，像水母似的漂浮在我四周。我晃晃悠悠地站住脚，转身望向岸边和小屋，原来这么容易就可以让自己随海浪而去。

但这个计划不再吸引我，一点也不。

害怕的感觉并没有减弱。我不是勇敢的女战士，能够为了生活而抗争。但也不再欢迎自取其命的想法。

我回来时，夏洛正在煮咖啡。“你准备就绪了吗？”他从咖啡机那边叫我。

我擦干身上的水，走进厨房亲吻他。“一点都没准备呢。”

“虽然我很想让你留下……”

“是的。”我接过他递来的咖啡杯，啜了一口，“我知道。”

“丽比。别——”他突然停住。

“别什么？”

他摇摇头：“没什么。”

“别什么？”我继续问。

“请别改变治疗的计划。”他平静地说。

我侧过头，心想不到十分钟，我竟无法与内心深处悲情忧伤的奥菲莉亚相沟通。

“我为什么要改变计划？”

“其实，我也不知道。但只是担心……自从保罗走后，你一次也没谈及治疗。”

“我到芝加哥时会处理的。”或纽约，我想。就目前来看，在哪里都不重要了。

夏洛双臂环在我腰间，把我拉向他，脸颊藏进我的头发。“你向我保证？”

“保证”这个词对我的舌头来说实为沉重。我使劲咽了咽口水，把它推出来：“我保证。”

换下床单，清理干净床面，我又围着小屋走了一圈。之后，夏洛和我锁上了门。

米拉格罗斯在庭院等候。“姑娘。”她说着，伸出双臂。

我紧紧抱住她，虽然这让小腹有点疼痛。

“如果有一天你准备好再来威克斯的话，老米利一直会在这里。”她告诉我。

我试图笑出来，心想若是有机会再见到她，那也是在距离波多黎各北部几光年远的地方。

她误会了我牵强的笑意。“我说真的，”她坚持道，“也许我会长很多皱纹，但是身体好得跟纯种老马似的。”

“噢，我知道你是认真的，”我向她保证，“相信我，我知道。”

她双手叉腰：“你从这里出发要去哪儿，丽比？”

“先去芝加哥，然后去纽约，和我哥哥待在一起。”

“看完医生之后准备做什么？”

“我准备一脚在前，一脚在后，度过接下来的每一天，努力不去想汤姆和诊断的事。除此之外，我也不知道。”

她目光跳过我，又与我的目光交会：“聪明的女孩。别想过去的事，知道吗？你不会回到过去。”

我应答道：“谢谢，米拉格罗斯。”

她紧紧握住我的手：“我会想念你的。但是——”她放开我的手，翻过来，然后用食指轻戳我掌心的位置——“这里告诉我，我们会在一个愉快的地方再见。”

我仔细查看手掌：“真的？”

她眨眨眼睛：“你说呢，姑娘？”

我们还掉吉普车，乘大巴到达渡轮处。渡海时，我们十指紧扣，没怎么说话，甚至比去机场的路上话还少。到达机场后，夏洛用飞行员徽章带我通过安检。我很镇定，甚至泰然自若，直到抵达登机闸门。工作人员已开始登机程序，我看了一眼排队等候在空桥外的乘客，一下扑进夏洛怀里。

“不敢相信就这样了。”

“我也不敢相信。丽比……”他在笑，也在哭。我们几近崩溃的边缘，“你让我体会到某种我不曾奢望的感觉。”

我也是，我心想。我也是。

我尽全力压制住自己希冀他去纽约看望母亲时与我重逢，或是许诺治疗后重回波多黎各的想法。难以兑现的承诺和约定只会轻贱我们曾经共同分享的一段旅程。

相反，我双手轻环他的脖颈，长久地，深深地，亲吻他。然后告诉他，我能活多久，就会爱他多久，因为这是真心话。

“我是认真的。”他说着，把手伸进口袋。

看他从口袋里掏出一个没有包装的小盒子，我的神经都绷紧了。

他瞅了我一眼，开始大笑：“别怕！不是婚戒。”

我勉强笑了笑。

他把小盒子放在我手上，告诉我先不要看，等飞机起飞后再看。

空乘人员召唤所有乘客登机。夏洛和我看看彼此，就这样吧。我最后又亲吻了他，试图记住和他在一起的感觉。

“再见，丽比。”他在我耳边说。

“再见，夏洛。”

空桥关闭前一刻，我登机了。视线躲避开那些已经就座的乘客们好奇的目光，我在我的座位处蹲坐下来，擦着眼泪，望向窗外。飞机向空中滑翔时，我轻轻摇了摇盒子。叮叮当当的金属声证明里面肯定有珠宝类的东西。

接受你爱的人赠送的礼物，让人有种很特别的紧张。汤姆的礼物一向实用而缺乏惊喜：生日时赠送我健康测步手环，圣诞时则是计划簿和一支钢笔。他对我所需要的东西一清二楚，切中主题，就像我的私人导购。偶尔我会期待礼物盒盖下面不再是一双羊绒手套，而是性感内衣套装。

所以，飞机升入云霄时，我忐忑不安地瞄了一眼盒盖下面。

镶坐在小棉枕上的，是拇指印大小的粉金星形吊坠，在一条精美的项链上摇摆。夏洛还在棉枕下夹了一张小纸条：

丽比：

感谢在过去一个月里遇到你。这是我生命中非常明亮的一个月。

夏洛

吊坠很完美，我用手指揉搓着吊坠，就好像它是一块解忧石。夏洛的字条也很完美。我们的爱情和我的假期，以最迂回曲折的方式，绝对完美无缺。

而现在，一切都结束了。

30

抵达芝加哥时，冷空气在空桥处迎面袭来。取完行李，我跟僵尸似的走去机场另一头乘坐城市快轨。坐在硬邦邦的单人圆背座椅上，我看着列车从地下驶向地面，直到高于整个城市。光秃秃的树木和城市建筑如灰影闪过，我对自己说，这是个错误的决定。我向来不喜欢事后评论，但那又如何呢？我被癌症伤害，紧接着又被丈夫突然打击。为什么还要回到一个让我的生活充满错误信号的地方，或许目前仍然是错误的？

但承诺就是承诺，而我对夏洛和保罗做出了同一个承诺。所以下火车回到四壁回音的冰冷公寓后，我给桑德斯医生的办公室打了电话。我给前台报上姓名后，她让我稍等片刻。几分钟后，桑德斯医生从另一条线路接通电话。

“我没想到会直接跟你通话。”我说。

“正好下个预约时间还没到，”他说，好像这解释了一切，“伊丽莎白——”

“我想我已经明确说过叫我丽比。”

“丽比，”他说，“上次我们见面之后，你有做过医疗咨询吗？”

我咬掉指甲边上的一颗倒刺，然后回答：“基本没有。这就是我打给你的原因。我想知道我能有哪些选择。”

他吐了口气：“你终于让我松了口气。我想请你先见一见我的团队。你需要进行扫描、抽血化验，然后预约肿瘤专家……”他就这么嗡嗡地说了一阵。

“好的，”我说道，终于等他说完，“什么时候？”

“真的？”他听起来很吃惊，甚至有点扫兴，好像已经做好准备要来一场演说，“我最快明天就能安排你做检查。”

现在轮到我感到惊讶了：“真的？”

“是的。我不想你多等一秒钟。我已经在和一位肿瘤主治医师沟通，你可能会成为临床实验候选人——好吧，我先你一步。等你来时我们再说细节。请别挂电话，凯利会帮你安排好明天的一切。伊丽——丽比，我很高兴你来电话。”

明天和任何一天一样好。当然，我并没有计划在芝加哥接受治疗。我见他时会告诉他。

虽然只是下午五点钟，但我已精疲力竭，而且已经短信告知保罗和夏洛我到芝加哥了。没什么要紧的事要做。我慢慢滑下厨房台面，爬上床去，脱掉衣服，钻进冰冷的被窝，几乎立刻就入睡了。几小时后醒过来时，我浑身发热，头上冒汗。迷迷糊糊地伸手摸摸身边，期待夏洛或是汤姆会在那里，这才意识到自己是一个人。我感到沮丧。于是闭上双眼，等待自己再次进入无意识状态。

第二天早晨，我把自己裹进仅剩的最暖和的衣服里，其他衣服要么卖了，要么捐了，或是寄去保罗那里了。步行几个街区来到高架快轨，蓝色线路带我到换乘点，然后转乘红线。

“这里是芝加哥。下一站是克拉克狄斐逊。”我到站时一个电子录音播报道。乘客们急匆匆地越过我拥向列车的双开门，我却难以将双脚拔离列车地板。

叮——咚，提示音响起。

“车门将关闭。”头顶的电子音说道。

但我仍然站在那里，像一根石柱，直到列车开始前进。

我在列车上坐到最后一站，然后返程回家。我完全可以晚点去赴约，或者改约其他时间，但我没有。

“别改变治疗的计划。”夏洛说过。他一定已经预料到，当轻推变为猛推，我连踏进医生办公室的勇气都没有了。因为在内心深处，我非常害怕。

回到公寓后，我给洁西打了电话，按下“拨打”键之前几秒钟才做的决定。

“你有空吗？”我问道，还没等她问候我。

“你回来了？！”

“很遗憾，是的。想喝一杯吗？”

“老天爷，丽比。还不到上午十一点。你还好吗？”

不怎么好，我想。“我们可以中午见，如果你觉得那样更合适。”

“现在挺好。”

“太好了。到 Caf é De Luca。一会儿见。”

这家咖啡馆在洁西和我家之间，过去几年我们在那里一起度过了不少时光。我走进时，她已经在此歇坐，但立即从吧台的高脚凳上跳下来跟我打招呼。“丽比，你看起来……”她以怀疑的眼光上下打量我。“瘦成了皮包骨，”她得出结论，“有一点衣冠不整，但真是消瘦！还有，你的古铜色皮肤好让人羡慕。”

我微笑，见到她比预期的还让人高兴。“看来婚外性生活确实让我受用。”

洁西张大嘴巴。

我大笑：“抱歉，我很大声吗？”

“全都说来听听。”她说着，把我拉回到吧台，为我们点了香槟。

我问她这段时间过得如何，但她没有作答，而是迫切地想听我回顾旅行的事。我讲完时，她的嘴还张着：“我真不敢相信你竟然丢下拉丁恋人！”

“夏洛。”我说。

“抱歉，夏洛。汤姆知道吗？”

“当然不知道。”

“或许这样对大家都好。”她拽了拽手腕上其中一条极细的镶水晶的皮质手链，“他无时无刻不提到你。他真的很想见你，丽比。”

我抿了一口香槟：“我相信他肯定想。”

“真的，丽比。我是认真的。”

“你站在谁那边，洁西？”

“很显然是你这边。”她说，我能感觉到她有一丝恼怒，“只是这对麦克和我也不容易。”她说。

“我不认同汤姆的所作所为，但他就像麦克的兄弟。你知道的。”

我喝光整杯酒，然后盯着杯壁上残留的气泡：“请别告诉我，他不容易。我得癌症了。”

“这可不搞笑。”

“不，并不搞笑，”我同意，“一点也不。”

洁西盯着我：“你说真的吗？”

“时间不多了，亲爱的。”

她的双眼瞬间盈满泪水：“噢，天哪，丽比。我很抱歉。发生了什么？你什么时候得知的？”

我给了她一个又快又狠的故事版本。“所以，这就是为什么我过去一个月以来疯了似的兜来兜去。”我总结道。

她摇摇头：“你为什么不早点告诉我？”

“我也不知道。只是当时感觉有太多事情积压在一起。”

“我能帮你做些什么，丽比？我会尽我所能做你需要我做的事。你想让我告诉汤姆吗？”

“谢谢，洁西。真是太感谢你了。我知道这样太麻烦你，但是你能不能不对汤姆走漏风声？我没有准备好让他知道。也不确定什么时候能准备好。”

洁西最近肯定没有太关注肉毒素注射，她额头的皱纹至少加深了半厘米。“你不打算告诉他？即使经历了这一切，他仍是你的丈夫。”

我叹了口气：“曾经是，洁西。汤姆曾经是我的丈夫。我现在并没有足够的自我认识，但足够确定不想让他卷入任何有关我健康的事情。所以，你不介意帮我这一个忙吧？”

她点点头。

“谢谢你。”我滑下座椅，给了她一个大大的拥抱。

“你是在拥抱我吗，丽比·米勒？”

“也许是，但别太习以为常。”

“为什么？”

“我要去纽约一段时间。”

“去治疗？”

“差不多。”

她笑了，给了我的脸颊一个吻：“这次快点回来，好吗？还有我给你打电话时，一定要接。”

我微笑：“我尽全力。”

当晚正要入睡时，一种奇怪的感觉笼罩住我。我清醒着，但身体却感到麻木，好像自己被包裹在玻璃中，动弹不得——甚至连睁开眼睛都困难。我的胸腔很沉重，呼吸非常吃力，充满惊恐。癌症在扩散，我心想。从确诊到现在，已经超过一个月，恶性细胞漫游过我的身体，所到之处留下遭遇破坏的痕迹。我不需要桑德斯医生的虚无检查来告诉我时间越来越紧。

来得突然，去得也突然，麻木感消失了。我坐直身子，拿起床头柜上的手机，我知道接下来需要做什么了。

31

我今早签署了物业文件，确保一位公证人陈述拉吉有权代表我做出任何明智决定。汤姆或我都不需要出席最终交易，但我希望洁西看在我病情的分上说服汤姆出席。出售公寓的净回报额是母亲保险赔偿费的两倍。

这笔钱数目不小，至少对我来说是的，但一次癌症治疗就可能将其清零，而且治疗结果也许对挽救我的生命没有丝毫的帮助。我痛恨这种想法。

我在拉吉的办公室给保罗打电话。“所以？”他说。

“所以，什么？”我说，我很清楚他是什么意思。

“你给你的医生打电话了吗？”

“他不是我的医生，对的，我已经打给他了。”

“所以他怎么跟你谈治疗的？”

“他说你和我应该一起去底特律。”

“不，他没有那么说。”

“好吧，他原话没那么说。但既然你已经克服了飞行恐惧——”

“已经克服？比方说造成泌尿系统失禁，还长了一圈溃疡？”

“即便如此，你还是上了飞机。事实上是两次。所以……你愿意跟我一起去母亲的墓地吗？已经好多年没去了。”

他沉默片刻。“确实很久了。”他表示同意，“我并不特别渴望跟你一起去，但你知道既然是你叫我去，我不会拒绝。”

确实如此。“那会对你有好处，”我告诉他，“对我们。”

“对我们有好处的是你接受治疗。而且是昨天。底特律可以等你完成治疗后再去。”

“不能等了，无论如何我也要去。在任何针头刺穿我皮肤之前。如果你能陪我去，那对我来说意义重大。”

“我可爱又听话的妹妹，你是怎么了？一周前还愿意听我的话。”

“她仍然在这儿，保罗。愈演愈烈。今晚打电话给我协调航班。”

我如释重负地叹了口气。即便我对他恐吓施压，不过若真没有他陪伴，估计我真的做不到一个人前去。

两天后，我到达底特律，保罗已在租车柜台等候。他抱住我说：“亲爱的，亲爱的，丽宝。自从上次我们通话之后，你睡觉了吗？”

“我可不会像你一样这么快就乱做评论，大块头。”我说，试图——但失败了——找到他身上多余的肥肉来掐，“你现在都做些什么，只有百分之七的身体脂肪？”

他接过我的行李箱：“别想转移话题。”

“我整天除了睡觉就是睡觉，”我说，心里想着起程前我沉沉睡了十二个小时，“就好像我在极慢速地陷入一种昏迷。”

“对此，你的医生怎么说？”他问道。走过重重自动开关门，我们前往所租的汽车。

我耸耸肩。

保罗在机场和停车场中间的走道停下来，注视着我。

“被车碾压之前赶紧靠边站。”我说着，一辆红色小车向我们加速而来。

他仍然注视着我，丝毫不挪动一步。“你真的开始吓到我了。难道不觉得就现在的情况来说，我心力交瘁的状态很不适合跟医生说吗？”

红色小车向我们鸣笛，长而响亮。保罗怒视着司机，然后挪到了一边。“简直越来越荒唐，”他怒气冲冲地把我们的箱包拉到身后，“我基本上在等你告诉我，你正在潜心学习心灵励志畅销书《秘密》，并准备放弃化疗，因为你计划用宇宙的正能量来保持身体健康。”

“那可需要很强大的积极心态，我现在这种处境可做不到，保罗宝。”我叫他的绰号，儿时这称呼总让他很恼火。

“我只知道保罗宝不同意你那么做，亲爱的妹妹。”他毫无幽默语气地说。

我们登记入住机场不远处一家很普通的旅馆。保罗只预订了一个房间，正如他所说：“我知道你不想一个人。”的确如此。安顿好以后，我们开车到底特律的一个烧烤餐厅，保罗的同事推荐的地方。

那里应该味道不错，我猜。但我实在没什么胃口。

除了不断质问我的健康和治疗情况，保罗找到了我的另一个创口供他戳弄。

“回到美国大陆以来，你还没跟夏洛通过一次电话吧，是不是？”

“你为什么这么断定？”

他伸出手：“嗨，我是你的孪生哥哥。我们以前见过吗？”

我没有跟他握手：“或许我们用餐时应该保持沉默。你可以尽情扫描我的内心，我来努力记住在你黑暗的心灵深处，你真的是爱我的。”

“我很惊讶你陷得那么深，”他说，忽略我的讽刺，“我真以为你们只是短暂的激情。”

“的确是短暂的激情，”我说，然后我郁闷地附加道，“不幸的是，我真的爱他。”

“他是个好男人，我知道你爱他，你这个无可救药的傻瓜。我差点输给你，几乎要以为你最终会为他留在波多黎各，但我很高兴你没有。”

“是的。”我伸手触摸脖颈上的星形吊坠。

“喔，好闪亮！”保罗说，他第一次注意到我的吊坠，“是他送的？”

“是的。”

他感伤地微笑：“你们并不一定要结束，你知道的。”

“我知道。”我说，即便真相是，不可能有结果。

保罗起身挪动他的椅子到离我最近的位置，然后一只手搭在我背上。“并不一定要结束，”他重复道，“治疗不会永远持续下去。”

“注定会结束。我和他基本不认识彼此，而我还要集中精力好起来。”

他轻轻挤了挤我的肩膀：“这才是我认识和疼爱的丽比。你对汤姆的感觉好点了吗？”

“汤姆是谁？”

“看来你还没告诉他。”

“永远不会。”

“我不会告诉你应该做什么，但他会在某个时间节点知道真相的。你也许想要亲自传达给他。”

我用餐叉指了指保罗：“我已经跟汤姆传达了所有我想要他知道的信息。”

“你难道不为他感到难过？哪怕一丁点儿？”

我叉着盘中的鸡肉画小圈，回想今年初某个夜晚，可能是在初次发现腹中肿块的几周之前，我好好冲了个澡，涂了厚厚一层润肤乳，套上一件丝绸短袍。进卧室时，汤姆躺在床上，肚子上搁着一本书，两眼空洞地望着床上方的天花板。一开始他没有看到我，于是我就站在门口欣赏他，完美的鼻廓，平坦的身体，还有灯光下长长的睫毛翘起的样子。我是多么幸运啊，我想。已经如此熟悉我的丈夫，可是在第一眼看到他时，我仍然会因性快感而浑身起鸡皮疙瘩。又和很多其他时候一样，我告诉自己，上帝把他赐给我，是为了弥补我失去母亲的伤痛。

那一晚，我蜷缩在汤姆的臂弯下，一只脚在他腿上来回摩擦。正要把手伸进他的短裤，他侧过脸亲吻我的额头。“爱你，丽比。”他说。然后拿起书，又开始阅读。

又一次，我用自己的乐观精神抹去了那一晚各种可疑的迹象。我不应该感到被冒犯了，他只是在某个特定的时候不在状态，那又如何？他是个伟大的丈夫，我们以前做爱的时候，还是挺不错的。我不能期待完美的性爱，不是吗？

“不，我不为他感到难过，”我告诉保罗，“坦白地说，我希望是他确诊有癌症。我希望他死。”我的嗓音越发升高，周围就座的食客努力不看我们。他们八成以为保罗和我是对吵架中的情侣，随便吧。“那样我可能会相信自己一直被他全心全意地爱着。现在我知道他根本没有一直爱我的能力，他能给的爱并不是我需要的那种爱。”我深吸一口气。

保罗温柔地看着我说：“你说得没错。你不应该为他感到难过。”

“谢谢你，”我小声说，“或许某一天我不再恨他。我也希望会那样。就目前来说，我只希望他能在该死的公寓出售文件上签字。”

“噢，他会的，”他说，然后抿了一口红酒，“如果我专门雇人强迫他握笔签字，他会签的。”

“好在你不会自告奋勇地去做这种肮脏的事。”

保罗微笑道：“显然你的暴力倾向也是遗传的嘛。”

我们付过账回到旅馆。保罗跟查理和孩子们通了电话，我则取出隐形眼镜，洗了脸，然后把汤姆最后一片安眠药掰成两半，一半递给刚挂电话的保罗。

他吃进嘴里，没有喝水就咽下去了。“明天见。”他说。

僵硬的床垫在我爬上床时吱吱地呻吟着。“明天见。”我重复道，然后把一个枕头盖在头上。

我们选择了最寒冷的十一月来墓地探望母亲。我瑟瑟发抖地醒过来，冲了热水澡，喝了咖啡，还穿了厚实的毛衣，但基本没什么用。

上车后，我把空调暖风开到最大，将热风出风口对准自己。

“别太担心，是你太紧张，”保罗在我旁边说，“我给大客户汇报坏消息的时候，简直抖得跟淋湿了的吉娃娃一样。”

“你，紧张？我不相信。”

“别想了，我不会再承认的。”

“我不是紧张，只是……”

“担心。”保罗提供给我一个动词。

“正是。”我说。还有其他很多纠结的、无可名状的情感。汽车开进公墓时，我的牙齿仍然在咯咯打战，就像轻敲廉价瓷器发出的声音。墓地铁门和小标牌还是老样子，围墙边环绕的常青树也没有变化。但是，下车后我发现，墓园的面积似乎比上次来时更小了。

保罗握住我的手，我们一起走过贯穿墓园中心的蜿蜒小路。虽然我一向觉得墓地是怪异恐怖的地方，但这个清晨我看到自己内心某处早已清楚的感受，那就是当初父亲无数次载我到母亲的墓地，我觉得这里其实是令人安心之地。我不确定为何曾经希望自己死后能化为骨灰，但这次走过墓地，我决定将自己的一切遗留之物埋进坟墓。也许就在母亲不远处。

靠近母亲的墓时，我的呼吸越发困难。保罗松开我的手，跪在墓碑前，用指尖抚摸花岗岩上篆刻的碑文。

我让他独自待了几分钟，然后走到他身旁，盘腿坐在墓碑前结冰的草地上。我闭上双眼，开始在心中与母亲说话——更像是在祈祷而非对话，我想假如她能听见，那么一定能理解我这断断续续的言语。我把一切都告诉她了：关于汤姆，威克斯，米拉格罗斯，夏洛，还有我的癌症诊断。我告诉她我爱她，希望她就在我身边。然后我睁开双眼，又看了看墓碑。

夏洛特·罗斯——1954—1989——心爱的妻子和母亲

“心爱的妻子和母亲”，没错，但这过于简单而不足以概括她的一生。

有时候，在我极为郁闷之时，会想象假如母亲去世时我在别的年龄段，那会是什么样的情景。十岁的年龄，足够理解丧母一事的严重性，但又太过年幼而无法像成年人一样体会到她和她生活中的细节。现在，我仅有的记忆一点点随着时间消散。例如，母亲的头发，是栗色的直发，眼睛是深棕色，跟保罗的一样。但她的笑容呢？是我听到的银铃般的清脆笑声，还是说，这不过是我想象出来的？她一如既往地喜欢玩耍、善良、美好？还是说，这仅仅是我自己编造出来的童话故事？她怎么看我和保罗？她对我们的未来有何憧憬——还有她自己的未来？我永远无法知道。

永远无法知道。

鉴于这一事实浮现在脑海，我低下头贴于地面，为我的家人和我们所失去的一切而开始哭泣。身旁的保罗看见我的肩膀颤抖着，便把我搂入怀中，和我一同哭泣，再一次提醒我，我不是孤身一人。

当天夜晚，我盯着旅馆房间里的灰褐色印刷风景画，心里想着夏洛。我想给他打电话，告诉他我今天做了什么，但却担心一通电话会招致一连串的通信往来，这甚至让我开始考虑是否应该叫他来芝加哥陪我，或许应该留在波多黎各接受治疗，再或者——或者……或者……或者……很多种可能性，但哪一种都不对。我关掉台灯，把被子拽到脖子上。

保罗坐在另一张床上，台灯照亮了他的脸庞。

“我应该把最后一片安眠药留到今天，”我对他说，“你有吗？”

“没有。”

“他们给你开兴奋剂时难道不一起开镇静剂吗？”

他结束打字，转向我说：“我戒掉那些垃圾了。”

“真的吗？”

“真的。孩子们出生前几个月我就不吃兴奋剂了。”

“很难相信你的精力竟然不再是药店的功劳。”

“无法和上帝所赐的礼物较真。”他合上电脑，关掉台灯，上了我这张床，“我睡这儿对你有帮助吗？”

我闭上双眼：“是的，谢谢。”

“丽宝？”几分钟后他说，“还记得我们小时候吗？”

我睁开眼睛，即便熄灯以后房间光线昏暗模糊，只有闹钟的红色数字在发光。“你是说我总被你指使做各种蠢事？”我说，“比如允许你只用一块床单和你假想的男子汉力量就把我从二楼的窗子降到地面？”

想到父亲当时的表情，我们都笑了。父亲听见敲门声，开门时惊讶地看到我光脚站在二月的暴雪天里，一手紧紧抓着另一只瘀青的胳膊，也就是我摔下二楼时先着地的那只胳膊。“我想说的是，”保罗说，在被子里轻轻踢了我一下，“记得你是多么讨厌一个人睡觉，所以我说服爸爸给我买了上下铺吗？你好像十六岁才自己独立睡觉。”

我咕哝道：“十四岁。”

“没错。嗨，丽宝？”

“什么？”

他停顿片刻：“在威克斯的时候我就应该告诉你，妈妈也跟我说了同样的话。她叫我好好照顾你。”

我眨了眨眼：“真的？”

“是的。也在那一小会儿工夫。”

“你觉得她当时知道自己就快死去了吗？”

“是的。”

“她害怕离开我们俩？”

“鉴于我觉得没有什么比离开托比和麦克斯更糟糕，所以我必须相信她当时一定很害怕。不过她知道我们会照顾好彼此。”他翻了个身仰面躺着。一分钟后，补充道，“我希望她知道我们会没事的。”

我也希望。但躺在哥哥旁边的我，更希望母亲是天空中一颗运行中的星星。她能看到保罗和我在这里，一路前行。

32

去机场的路上，保罗和我停下来买咖啡，洁西打来电话。“汤姆不愿意签字，丽比，”她说，听起来很慌张，“我试过各种方法。麦克甚至还帮他找到一处便宜的出租房，好让他有个地方落脚。但他拒绝了。”她深吸口气，然后大声呼出来。也许她在后院抽烟。“让我告诉他你生病的事吧。我绝对不提‘癌症’，我发誓。”

“不可以，洁西，”我说，我想到也许汤姆会怀疑癌症中心打给他的电话，那样就会立马猜到我的病情了，“真的很感谢你为我所做的，但我不能让这事难为你。我会想办法的。只是，请你——别告诉汤姆。甚至别暗示他我这里出了问题。”

挂掉电话，转向保罗，他还在靠窗的位置观察我。“抱歉，哥哥，”我做鬼脸道，“看来明天我就得回芝加哥。”

“如果是公寓的事，我可以买过来，好吗？”

“哇，土豪。谁知道你有这么多现钱？”

他把一根咖啡搅拌棒弹过来。打到我胸口，弹回到桌子上。“谁知道你有这么多现钱而且又在最后一秒临时更改航班？说正经的，丽宝。我这么辛苦工作并不仅仅是为了能往银行存钱。我会为你买一处属于你自己的小家，你如果不喜欢曼哈顿，那么泽西城总可以吧。就和我一起走吧，好吗？托比和麦克斯都想死你了。和我回家吧。”

“我会的。我保证，”我说，希望语气听起来足够肯定，“但我必须先做一件事。”

“不听不听不听。”保罗说，一只手开开合合，像个提线木偶，“我听到的总是一个接一个的借口。我理解你要来看妈妈，但其他任何事都可以等到看了医生以后。”

我表示抱歉地耸耸肩：“你我需要承认在这一点上我们有分歧。”

“我猜是吧。”他说着站起身，拿了咖啡杯，“走吧。我们当中有人需要赶飞机。”

在我等候飞往芝加哥的航班时，夏洛来电了。这意味着保罗联络过他。但他的声音里缺乏保罗几小时前在登机闸门口道别时的气愤。“嗨，你，”他轻松地说，“你好吗？”

“嘿，你呢？”我说，感觉自己就要哭出来了，“还好，我猜。”

“真的？”

“是的。”我在航站楼里靠着一根柱子，人流在我左右川流不息，流向不同的航班，踏上不同的征途。没有任何一个人给过我哪怕一秒钟的关注。“我去母亲的墓地探望她了。”

“我听说了。觉得如何？”

“还好。在那里时很难受。但很高兴还是去了。”

电话背景音有鸟叫声，我好奇夏洛是坐在阳台上，还是在海滩。“为什么还没有去见医生，丽比？”他问，“你承诺过会去的。”

“我本来是要去的。真的，要去的。但列车到站的时候……我不知道。我就是无法下车出站。”

“丽比。”

“夏洛。”我冷淡地说。

“丽比，”他又叫我，“我是认真的。如果能有人陪着你，就不会发生那种事。你原本应该早就去了医生办公室，知道自己有哪些选择，签署了化验和治疗文件。别一个人去承受了。”

“你也是一个人，”我抗议道，“你还没有接受治疗卡拉就离开你了。”

“是的，她离开了。但我母亲和妹妹一直在支持我。”

我差点说：“多么幸福。”相反，我说，“可我没有母亲陪伴，没得选择。”

“那是很糟糕的现实，丽比，你知道我对此很难过，”他说，“但你有保罗，他的伴侣，还有你的侄子们。你有父亲，他很可能赴汤蹈火也要为你的生活做出最大努力。你的朋友洁西？你若有求，她肯定立马出现。你知道的，而且你还有我。”

我嗓子里好像突然形成了一个肿块，哽住了。他这么一说，我不得不承认自己多么愚蠢，一直想要独自面对一切。

“你要是根本不做尝试，那就等于欠自己的，”夏洛说，“而要是做不到为你自己，好歹也要为了你母亲。你知道她会想要你这么做。”

不要一个人去承受，我边走边想，冷风如鞭，抽打着我的面颊，让人直流眼泪。我把头压低，贴近身体，然后继续走到下一个街区，直到一座建筑前，我曾在这里度过很长的时间，比在家的时间还长。

“你需要登记，女士。”我走到前台时，警卫对我说。她又看了看我，“丽比，是你吗？”

“嗨，乔尔吉。”我说着，并对这个女子微笑。在过去十年中较好的时光里，大部分的早晨她都会跟我打招呼。

“妹子，我差点没认出你！别告诉我你穿的是牛仔裤。”她说，然后充满疑问地打量我双腿。

我大笑起来：“我不用盛装打扮，目前我不需要打表上下班。不过我是来见杰姬的。今天上午她来了吗？”

“就像一阵飓风，”乔尔吉哼着鼻子说，“你确定像今天这种情况你还要见那个生气包？”

“不想，但需要见。”

“要我帮你打给她吗？”

我摇摇头：“我会上去跟她解释。”

“噢，我的天。不过你要是以为杰姬已经找到助理了，那你可算是疯了。她已经用了四个不同的助理，都持续不了几天。”乔尔吉充满疑问地看着我，“你是想来找回工作的？”

“不算是。”

她把手放在额头上：“上帝保佑，我想念经常看到你的时候，丽比。但你真不需要委屈自己在这儿工作。”

敲击键盘的咔咔声从杰姬的办公室传出，但我敲门时，她没有回应。我又敲了一遍，仍然没有反应。所以我就直接进去了。“我正在忙。”她在超大电脑屏幕后面头也不抬地吼道。

“杰姬？”我平静地说。

“我在——”她突然停下，“丽比，你回来道歉了？如果你想来要回工作，可没那么好的运气。充其量我只能雇你做最低级别的秘书，但绝对不会恢复原来的头衔，瞧瞧你留下的烂摊子。”

“我不需要工作，”我说，“或许需要，但不是现在。我生病了，杰姬。”

“脑子有病！”她狂吠道，“要不然怎么会离开你并不胜任的高薪工作呢？别告诉我你找到了更好的工作，就算流浪汉都不会想和你一起工作，瞧你现在的样子。”

我往下看了看。黑色羽绒夹克确实让我看起来像块烧焦了的棉花糖，褶皱的牛仔裤只有一半被皮靴包住，还是洁西诱导我买的。而且很有可能在跟大风雪斗争了一路后，我脸上的妆也开始花了。“你不喜欢我的打扮？”我一面说着，一面侧过头，“我觉得这比起你让我每天穿戴的链条和枷锁，实在可爱多了。”

“我的天，女人！你的人格好像整容了啊！我雇用的那个小女子去哪里了，那个连跟送餐小哥说话都害羞的女人？”

“说正题，杰姬，”我说，“我来是因为需要医疗保险，昨天就需要。”

“你怀孕了！”她说，她的声音里透着指责。杰姬选择不要孩子，而我从未跟她分享过我努力怀孕的事，她一定以为我和她一样。除了我不知疲倦的能力，这一点可能是她唯一喜欢我的地方。

我双臂交叉：“不，遗憾的是，我没有怀孕。我得了一种不幸的慢性病，叫癌症。也许你听说过？”

“好吧，就好像我给你转入两万美元，乌干达王子都将为我倾倒。”

“杰姬。”

她站起来，绕过桌子走到我跟前。然后缓缓地上下打量我，明显是为了确认我不是在诈骗她。“天哪，这不是我今天需要的新闻。你是因为这个才跟我闹翻的吗？”

“我跟你闹翻是因为我请求一点点时间休假，而你要跟我闹翻，”我说，“现在，别跑题。我没有按时签署雇员医疗保险，其他的保险政策有免赔额度，坦白地讲，我需要卖掉一颗肾才能支付得起。据我所知，我的肾脏也会受癌细胞侵袭，所以连卖肾都没得选。”

“所以你想要我做什么？”

“我不想你做什么。我需要你跟人力资源说我离职的日期有误，那样我便可以签署员工医疗保险。我需要比实际多为你工作五天保险才能生效。”我说。

她看了我一分钟：“好的。”

“好的？”

“我难道口吃吗？”

“不是，只是——”我没有期待这样的回应，至少不是立马回应，“谢谢你。”

“不管你怎么想，我不是坏人，丽比。我知道你为我做事让我舒心很多年。你不应该就那么辞职，但我不会让癌症耽误你。”

“谢谢……我想。”

“不用谢。”她放下双臂，回到办公桌，“我现在就给人力发邮件，在我忘记之前。”她从显示器前瞄过来，“请收起你的一脸担心。如果有人能战胜癌症，那个人就是你。”

通常这种观点只会带给我内在的愤怒，但我却感到自己应该相信杰姬的话是发自内心的。“我希望你是对的。”

她眯起眼睛：“跟着我说，丽比：我要战胜癌症。”

我不喜欢这对话所要引导我去的方向。“假如你相信我可以用意念迈向战胜癌症之途——”

“让我说完，你这头耳聋的奶牛。你觉得我，作为一个不怎么漂亮却在男性主导的领域里爬到上市公司的顶层的人，是因为希望我是对的？”她先发制人，“不！不是，我不是的！我一向以一个即将成功的人士的姿态来做任何事情，这样困难自然迎刃而解。事情若是失败，那一定是有原因的，无数的原因。你越是停步关注原因，越容易被他们挡住前途。所以帮自己一把，好不好？把你乐观的眼镜戴回来，别再摘掉，积极地看待这个世界。因为除了我为你的新脾气而鼓掌，你需要更多正能量支持自己顺利通过未来的人生之路。”

我差一点因太过于惊叹而哑然：“谢谢，杰姬。”

她跟我挥手道别：“回吧。我还要工作，听起来你也有好多文件要处理。”

“没错。好的，再次感谢。”我说，然后转身准备离开。

“你若还想回来为你见过的最好的老板工作，我这里的大门随时为你敞开。”她从后面叫道。

我停下来，回过头。惊讶的是，杰姬在微笑。我也对她微笑了：“回见，杰姬。”

33

我对安眠药已经不感兴趣了。我需要一些保罗的兴奋剂和咖啡，因为身体似乎疲倦得只能休息了，以致差点睡得错过公寓交易时间。

“你没收到我的短信吗？”拉吉说，我正冲进他告诉我的见面地点。

“短信？什么短信？”我擦掉嘴角的口水或是融化的雪水，使劲提提裤子，不然它可就滑下去露出我瘦成薄煎饼的屁股了。

他关切地看着我：“别担心，既然已经来了。不过我还是应该告诉你——”

“汤姆来了。”我说道。面前的门打开时正好瞄见我的丈夫坐在一张长木桌前。一阵情绪突然涌来，但似乎不是愤怒。还好，也不是爱恋。更多的像是……失望。我终究还是无法避免再次见到他。

“汤姆来了……”拉吉说。他紧攥着双手，“我相信你不会因此改变今天的计划。”

我忽略拉吉，冲进会议室。“天哪，汤姆，”我说道，“我跟你嚷嚷那么多，你还是来了？早知道我就继续睡觉了。”我眯着眼睛看他，另一种直觉浮上心头，“请别告诉我你是来阻止交易的。”

没等他回应，我转头伸手跟与汤姆隔了几个座位的娇小女子握手，她正饶有兴致地看着我。

“嗨，我是丽比·罗斯·米勒。别担心，我仍然打算把公寓卖给你，即便这样会伤害到即将成为我前夫的人。”

女子紧张地笑了笑，慢慢伸过手来：“太好了。”

汤姆清了清嗓子：“丽比，我不是来阻止交易的。”

“那是为了什么，汤姆？你觉得来提醒我你还活着是件很有趣的事吗？”我“扑通”一声坐在他正对面的椅子上，“我差一点就忘掉了，不过只要一点电击疗法，没有什么不可以忘记的。”或者化疗，这让我想起母亲在她生命的最后时刻，记忆一些最基本的，诸如保罗和我的年龄之类的信息已经变得十分艰难。

“丽宝，别这样，”汤姆说，“我以为我们已经好多了。”

我扬起眉毛：“好多了是指你愿意来这里，而不是说这些让人惊奇的废话。”

拉吉敲了敲桌子：“那么，现在你俩都在，我们开始吧，我去叫过户代理和另一个经纪人。马上回来。”

拉吉冲出门时，我盯着汤姆，他则盯着桌子，而买方女子——正在不停地发短信，也许是因为知道即将购买的房子被一对曾经爱过或不爱的夫妻的魂魄附体，需要求助亲友询问是否要撤回购买计划。

拉吉回来时带着两名干练的职业女性，他们三人像一排鸭子似的就座了。然后开始传递文件，指引我们在这里或那里签字，直到我感觉手快没力气了，荧光灯有种恍惚的光晕效果。我正盯着拉吉头上的白灯时，身体突然开始颤抖。

还没待我察觉，汤姆已经站在我旁边。“丽比，”他小声说，“你还好吗？你看起来不对劲。”

“别离我太近，汤姆。”我咕哝道，好奇这是惊恐发作的慢动作还是又要昏过去了。

汤姆看了看拉吉和其他两位女士。“我们能暂停五分钟吗？”他问，没等他们回应他便接着说，“来吧，给你弄点水喝。”于是握住我的胳膊带我来到大楼前厅，让我坐在长凳上，然后去饮水机那边。回来时端着盛满水的纸杯递给我。“你吃早餐了吗？”我接过杯子。

“没怎么吃。”我说。仔细想想，连昨天的晚餐都没吃。癌症让我对正常食物完全失去了兴趣，四十度往上的烈酒还差不多。

汤姆小跑到前台，很快拿来一支谷物能量棒。我不到一分钟就吃完了，伴着汤姆端来的第二杯水。

“感觉好些了吗？”我吃完时他急切地问。

“是的。谢谢。”

“很好。我知道这一切对你来说很难，我不愿看到你出现在这里……”他突然满眼含泪，“你看起来很虚弱，丽比，很疲倦。虽然我知道你不想让我为你担心，但是我真的放心不下。”

他如此关心照顾我，我怎能不心软呢？但他的温柔也很伤人，因为这再一次提醒了我，我们失去了什么。

“是的，不光是你为我担心，”我告诉他，“但是让咱们先回去完结那些冗长的手续吧。然后再聊。好吗？”

“我同意。”他看起来很受鼓舞，我立马便后悔自己提出的建议了。

半小时后，我无家可归了。我有六个小时把公寓里余下的东西搬走，不过买家娜塔莉同意我把床留到最后。

“车在我这儿。你想直接去公寓附近吗？”我们和拉吉道别后汤姆问道，“我们可以去 De Luca 或者别的地方。”

我摇摇头。前去我们曾一度以夫妻的身份出没的地方显然跟在核反应堆露营一样不明智。“拐角有个小餐馆。不如去那儿？”

“好的。”他欣然同意，看起来很欢喜，我甚至有点想念一个月前斗志昂扬地阻拦我去机场的汤姆了。

餐馆里气味难闻，好像隔夜咖啡和油腻的培根。我知道汤姆一定在想这气味会穿透他熨得平展的纽扣衬衫，一到家立马就要换下来。

“所以……”他紧张地说。

“所以……”我说。我看了看他——这一天里第一回真正意义上的看他。他的皮肤一如既往光洁无瑕，毫无皱纹；头发没有丝毫凌乱。但眼神黯然无光，眼周有一圈青紫，衣服像是悬挂在他的骨架上一样。

“你感觉如何？”他问道，女服务生正准备递送菜单给我们。我挥手表示不用菜单，然后点了咖啡、吐司面包片和一大份培根。汤姆点了茶水和一个贝果面包圈。

“噢，你知道的。非常好。”事实上，我没有底气，就好像身体突然氧气泄漏。但胃不疼了，也不担心会瘫倒在地，这是我所希望的最好的结果了。“我爱上别人了。”我脱口而出。

汤姆眨了眨眼，试图消化一下我刚才的话：“什么？认真的？”

“认真的。”

“什么时候？是之前和你共事的那个人？”

我诡异地笑了笑：“泰？噢，不。是你从来没见过的人。他的名字叫夏洛。我在波多黎各认识的。”

“哇。这……真是太好了。”

“真的？”

“我是认真的。幸福应该属于你。”

“听起来好像你一直在看心理师。”

“其实是奥莱利。他和洁西都说我不应该那么做，不应该不放手。”

“他们还不傻。”

“不，他们不傻。我是认真的，丽比。对不起。真的，真的对不起。”

我告诉他没关系。内心却问自己，如果换作夏洛特·罗斯，她会怎么做？一定立刻就原谅他。可是我做不到。

“我之前不知道，汤姆。”我说。

“什么——你的意思是？”

“那天我回到家，是因为别的事而难过。当时并不知道你是同性恋。要是你不觉得我已经知道了，你还会告诉我吗？”

他低头看着自己的手指。“嗯。我不知道。”抬起头时，眼神与我交会。“我希望会的。这就是我去见心理师的原因。但是，我不会那天就告诉你。你当时要告诉我什么，回家的时候那么难过？”

“现在不重要了。”我说着，努力抑制住想要跑出餐馆的冲动，很可能冲进迎面而来的车流。但是，这次以后我不想再与他谈论此事。“你之前——或者现在——爱上奥莱利了？”我问。

上帝保佑，汤姆大笑起来：“奥莱利？我是说，我喜欢那家伙，但不是。不是，不是的。”

“那是谁？”

女服务员端来食物。我谢过她但目光没有离开汤姆。

“我对几个人有过好感。但谈不上爱不爱的。我只是……不想一直骗你。你明白吗？”

我表示沉默。

“对不起，丽比，”他说，“我试过告诉你，但是……”

我啜了一口咖啡，结果舌头被烫到，但还是咽了下去。“哦，是吗？你什么时候试过告诉我，汤姆？”

这一次他没有犹豫：“就在你提出领养孩子后，我说我不同意，另有事情想告诉你。但你一直说承受不了再多的事情了。如果不是要告诉你什么好消息，你是不想听的。”

我吸了口气。

他忧伤地看着我：“你真的不记得了？”

我告诉他我所记得的并不是那样。但当我用指甲在掌心戳弄时，我忽然记起来。他确实曾试图坐下来跟我好好谈谈。他说在我们继续尝试要孩子前，有别的事情需要一起解决。我感到很愤怒，甚至火药味十足，以为他想要把我的注意力从问题本身转移开。原来真正在转移注意力的是我。

我又啜了一口咖啡，然后问汤姆还有没有别的时候试过告诉我。

他尴尬地咳嗽了一下：“我试探过一小下。记得高中时，我告诉过你我的朋友陆克是双性恋吗？你说过你永远不会跟一个喜欢男人的家伙在一起，哪怕只是一点点。”

我的脸开始发热。虽然不记得陆克是谁，但我能想象得出自己说这番话的样子。

“我告诉自己一定要尽我所能去成为你想要的那个男人，”汤姆说，“我读过无数的心理学书籍，还上网查资料，嗯，以保持异性恋，我集中精力学习，找到好工作。我一直都为你着迷，丽比，我想让你开心。你是我见过的最有趣、最棒的人。只是……”

“还不够。”我说。

汤姆对我大部分的人生经历极为了解，所以我一点也不诧异他会明白我并没有说出的部分。“不是你的错，丽比。是否告诉你实情的决定权不在于你。我不想伤害你，但我也很疯狂。我们生活得很好。这很容易让人觉得这一切是我们两个人共有的。”

“我也这么觉得。”我承认，在很多方面，我们所谓的理想婚姻是我成年生活的支柱。我从未在父亲面前承认，自从母亲去世，我们的三人家庭再没有让我觉得完整。我眼中的汤姆，不仅仅是深深吸引我的那个爱人，同时是一个我觉得极为稳重，能够与我共同组建新家庭的人。即使两人世界无法扩展成多人家庭，我们仍然是无可厚非的联合体：丽比和汤姆，幸福的婚姻，满足于彼此共同的存在。我是那么坚定地想要维护这一生活支柱，所以不愿意看到脚下有丝毫的裂缝。

“我的心理师说我追求完美的性格源于极为糟糕的童年时光。”汤姆说。

我咬了口培根，联想到汤姆父亲耍酒疯的暴脾气和随处乱飞的拳头，还有他母亲衣冠不整的模样以及她从来不做家务的习惯——这是她沉默的报复。

“我现在理解为什么你——”我知道他可能要说“用叉子刺我”，但他很快停住，“为什么你那么伤心，为什么你离开芝加哥。虽然这样做对你来说没有什么安慰的作用，但我还是恨我自己。”

我叹了口气，与他眼神交会，他眼中充满痛苦。由于我们的分开，汤姆为原谅自己、为重新学会爱自己（如果他曾爱过）所需做出的斗争远比我所能忍受的任何挣扎还要艰辛。我要不断面对自己的问题。但就我们之间的关系而言，我已经走出低谷，爬上山坡，而汤姆却还在低谷，努力想弄明白如何开始攀爬。

“请不要恨自己，”我说，“我不恨你。”这对我来说也很艰难，他就坐在我对面，提醒我他是那个我深爱了那么久的男人，我实在想不到自己曾有过一刻不爱他。我想告诉他有一天我们也许还会是朋友。但又预感到未来我们不太会经常见到彼此。所以我简单地说：“给你自己点时间，让自己从容一些，好吗？一切都会没事的。”

他用一块硬餐巾擦拭眼睛，然后舒了口气：“我感觉你给了我一份礼物。”

“不用谢。”

他的盘子没有动过，茶水还是满的。“你还好吗，汤姆？”我问。

“不是应该我问你吗？”他说。有一瞬间，我在想他不会是在怀疑我的情况吧。但他说，“你呢，丽比？公寓卖掉了，你也不再为杰姬工作。接下来你要做什么？”

“我想为父母因癌症去世的孩子们成立一个慈善基金会。”我说。即便这是对泰和谢伊撒过的谎，我以前从没有认真考虑过这个问题，但直到刚才听见自己脱口而出，我知道木已成舟。不管我还能活多久，也足够久到把慈善事业开展起来。

汤姆微笑：“太好了。这正是你母亲想让你做的事。”

“是的，的确是。”我平静地说，然后站起来，“你介意埋单吗？

我该走了。”

“当然不介意，”他说，“丽比？”

“什么？”

“我希望咱们能保持联系。”

我感伤地微笑，即便眼中已然噙满泪水：“我也希望，但说实话，我不确定是否能做到。”

汤姆就在我面前，那么近，我可以触摸他。但似乎我们又在一个迅速扩大的池塘两端。过不了一会儿池塘就会变成湖泊，湖泊变成海洋，我们站在各自的岸边，永远无法再见到彼岸的对方。我会想念他。

他点点头：“我理解。再见，丽比。我爱你。”

我看看他，最后一次：“再见，汤姆。”

34

大风刮得窗户哐哐作响，呼啸着穿过后门的裂隙。在法定搬离公寓的期限之前，我还可以逗留一两个小时。即便一场冬日风暴正在酝酿，我也并没有必要继续待在不属于我的家中。另外，我确实还有事要办。装好行李，确保台面和地板不是特别脏乱，我把房门钥匙放在了台面上。然后到车站叫了一辆计程车。

司机向东加速行驶时，我掏出手机拨通了一个号码。

“你能听见我吗？”我对着电话说。

“是的。”夏洛说。

“很好。非常感谢你。”

“你可别谢我。我应该感谢你。”

“咱们别互相推让了，好吗？”

“是，是，机长。你紧张吗？”

我用手掌侧面擦去窗玻璃上的雾气。透过擦干净的部分，看见窗外汽车嗖嗖而过，司机们似乎并没有因疾雪而影响驾驶。

“我感觉这和坠机时一头栽向大海的经历非常像。”

夏洛大笑：“深呼吸，丽比。你能做到的。”

我深深吸了口气，甚至有点疼。然后呼气。再次深呼吸。

“很好，”他说，好像在引导我进行心理助产，“你做得很好。记住，解决后你就可以勇往直前了。”

“勇往直前。”我说。

“勇往直前。”他重复道，“对了，我跟你提过我回去上班第一天的事吗？”

夏洛喋喋不休地说了十分钟，直到计程车停进一处有棚的服务车道。

“好吧，我到了。”我告诉他。

“你确定不用我继续听电话？”

“不用，但我保证，如果我吓坏了，一定打给你。我一办完就立马告诉你，好吗？”

“小可爱，为你自豪。我爱你。”

“我也爱你。”

我穿过双重门，再一次深呼吸，然后大步走向前台窗口。“我来见桑德斯医生。”我宣布。

接待看起来很困惑：“他在大楼另一头的门诊部。”

“他今天会回来吗？”

“是的，不过我不确定他什么时候能回来。你和他预约过吗？”

“没有，不过我可以等。”我斜靠在她旁边的玻璃窗处，“我是丽比·米勒。之前不打算接受治疗的那个病人。上周错过了跟桑德斯医生的约见。”

她的嘴变成了一个柔软的O形：“我知道了。我来呼叫他。请坐着等一下。”

漫长而令人疲倦的一小时过去了。人们从候诊室进进出出，估计是来看这里其他的医生的。我努力地不去仔细观察他们，我知道自己会不自觉地根据他们的样子分析自己的病情，即便他们当中罹患癌症的概率极为渺茫，更不用说患有跟我相同的癌症。又一个小时过去了，我努力保持清醒。不过我之所以决心等到最后，很大程度上是源于我不确定如果现在离开，我是否还能说服自己再一次踏入这里。

我正小鸡啄米似的迷迷糊糊时，感觉有人坐在了旁边的沙发上，我好像已经在此驻扎。睡眼蒙眬地抬头一看，是身穿灰蓝色手术服的桑德斯医生。我赶紧坐起来，他冲我微笑，然后紧紧握住我的手。我努力克制缩回双手的冲动。

“看到你来我实在是太高兴了。”他说着，身体倾斜过来离我很近，以至于可以清楚地看到他鼻子上的毛细血管正上下游移。

“开始吧。”我说。

他大笑：“愿意跟我来吗？”

我同意了，虽然此时我的故作勇敢已然被一种微妙的感觉取代，那种感觉就像我出现在朋友为我举办的惊喜派对结束以后。我们到达他的办公室，他示意我坐在我之前坐过的那张椅子上。第一次时，他并没有带给我什么坏消息。这一次，他没有走到办公桌后面坐下。相反，他搬来另一张扶手椅在我对面坐下来，他身后的墙面上挂着手写体的学历证书。他两条长腿交叉着，仔细地打量了我一会儿。“好吧，丽比，你是唯一一位从我这里消失的病人，但我同事们都说这事不算稀奇。”

我盯着他。

“没人想听到他们自己得癌症的消息。这完全没法叫人做好准备。而且就你的情况来说……”他挪动了一下，“这么说吧，我父亲得了肺癌，我十八岁时他去世了。那些年本应该由他陪伴我去参加垒球比赛，帮我选择学校。但他要么在医院，要么在消耗时间——窝在躺椅里抽烟、看电视、等待死亡。我记得你说过你母亲也死于癌症，我理解看着亲人被恶疾折磨至死所带来的创伤，我猜这是你不想继续治疗的原因之所在。”

“从某种程度上来说是的，”我说，“还有，对于你父亲的事我感到很抱歉。”

他十指交叉：“谢谢。我也为你失去母亲而难过。但是你的结局不一定也是那样。你明白我的意思吗？”

“不太明白。”我坦言道。

“自从我父亲开始接受治疗，我们经历了很长一段路程，你母亲接受治疗以来，你们一定也经历了很多。我不能保证你的癌症能够治愈，但你可以努力抗争。你应该这样，但是也别着急。我们需要检查癌细胞有没有扩散，如果有，扩散范围有多大。然后制订符合你情况的治疗计划。你也知道，这是一种罕见的癌症，正如我之前提过的，我一直在研究适合你的治疗方案，你也许有资格入选一项临床实验。我希望咱们能迅速开始实施，以确保你获得最好的治疗时机。”

“所以……情况是，”我说，“我不打算继续留在芝加哥。事实上，从今天起，我已经无家可归了。”

“是经济原因吗？我们的社工部能够协助你解决保险和住宿的问题。”

“不，不是，不是这样。只是……我算是正在经历离婚，芝加哥是我最不想待的地方。”

“这么糟糕的情况。”他听起来很诚恳，我的嗓子哽咽了。

“谢谢你的关心。”

“必需的。你打算好去哪个城市了吗？”

“我哥哥和他的家人在曼哈顿。虽然那里也不是我最喜欢的地方，但……”

他点点头：“如果你说想去堪萨斯州的乡村地带，我可要担心了。但纽约是个很适合接受治疗的地方。我们的癌症护理中心和斯隆凯特琳癌症中心关系密切，如果你选择去那里，一定会得到很好的照料，我可以帮你安排转院手续。”

“我现在还有几个月时间，具体的？上次我来的时候，”我说，摆手示意道，“你说还有六个月。”

桑德斯医生凝视我额头上方的空间，我感觉这不是什么好兆头。“我当时不应该那么说。”

“但不代表那不是实情，”我说着，胸中热流升腾，“别给我上糖衣。前一段时间我基本上准备好去死了，所以不管你说什么我都不会受刺激。”

“正如我说的，这种癌症很罕见……”

我努力克制住自己的情绪，不让双手跟提线木偶似的一张一合，似乎要从保罗·米勒的攻略手册里拽出点技能练练。他察觉到我的怒意，于是看着我的眼睛说：“我现在想要告诉你的是，在接受一系列彻底检查之前，我无法给你确切的回答。这就是为什么当初我不应该那么说。是我的错，鉴于此，我真的很抱歉。”他双手附在膝盖上，身体向前倾。“我能告诉你的是，丽比，你需要非常坚强。我知道你的内心是强大的。”

我站起身，调整了肩膀上的包带：“我很清楚自己够坚强。”

“请坐下。”桑德斯医生说。

我看着他，又看了看门。然后坐在椅子边上。“我知道我可以很坚强，”我说，这次更加平静，“只是我不想这么做。”我曾经更坚强，比现在坚强得多，因为真相告诉我，母亲的生命对我来说比我自己的还重要得多。但这一点却没有任何作用。

“你可以选择——”

我打断他：“如果你告诉我选择活着，我会在你睡着时谋杀你。”

他举起双手：“我本来打算就此话题继续说一点，但还是暂停吧。”

“明智之举。”

我们沉默地坐着。桑德斯医生，盯着我的方向；我，望向窗外结冰的白色波浪堆在湖岸。

“好吧。”几分钟后我说。

“好吧？”桑德斯医生惊讶地说。他当然没有理由相信我，因为上次我答应去做检查，紧接着却失了约。

“是的。如果你能马上让我住进纽约的一家好的医院，那么我已经准备好了。”

他站起来，然后走到我跟前，伸出一只手：“我为你高兴，丽比。谢谢你。”

我也伸出一只手，让他拉我站起来。“谢谢你，桑德斯医生。”我说。

就医生对病人的态度而言，他没能为自己赢得认可，但是他坚持不懈的精神或许给我争取了一点额外的思考时间。

35

离开桑德斯医生的办公室后，我又上了一辆计程车，这一回驶向飞机场。望着窗外时，我心里并没有想治疗的事，或者汤姆等实实在在的话题。只是父亲的脸庞不断浮现在我心中，画面停留得越久，我就越是感到羞愧。不管是不是因为过度紧张，早在几周前我就应该告诉他真相，在我的沉默演变成谎言之前。就这样，在奥黑尔机场一处不算太安静的角落，我打通他的电话。

理所当然地，父亲以为我的哭哭啼啼是因为汤姆的事(他还没接通，我已经开始哭了)。可是我用几个词纠正了他的想法，他这辈子都祈祷再也不想听到的：

我得癌症了。

老实说：这场面太糟糕，都是我的错。父亲哭了，我又哭了一阵。在最难受的部分过去后，他问了一些我无法回答的问题，而我需要解释为什么无法回答，这让我感觉自己与开车碾过一篮幼犬的人没有什么不同。

“我能做些什么来帮你挺过难关，丽比宝贝？”他问，即便我已经平静下来，嗓子里还是立马发出压抑的啜泣声。回想到父亲用一块湿毛巾为床上失去知觉的母亲擦拭额头。他已经经历得够多了，我这么跟他说。

“荒唐，”他说，“还轮不到你保护我。作为你的父亲，就要陪伴你度过这一时期，提供一切你所需要的帮助。对我来说，这是这世界上最重要的事。至少让我为你做点什么。”

“对不起！”我说，这可能已经是第十三次道歉了吧。

“你唯一需要感到抱歉的事就是继续说对不起。”

“所以我或许不需要感到抱歉。”

“想都别想。”他大笑。然后我听见他深深叹了口气，“所以你要去波多黎各。”

“是的。”

我甚至能想象到他在点头：“这样看来确实有点合理性。”

我吸吸鼻子：“保罗可不这么想，你可以跟他解释一下。”

“好吧，你哥哥想让你尽快接受帮助，这一点他没有错。”

“我知道。”

“所以，孩子，跟我说点开心的事。旅行怎么样？”

“非常棒！”我毫不犹豫地说。我跟他谈起海滨小屋，还有米拉格罗斯，甚至还提了一丁点夏洛的事，减去了我们之间疯狂的恋情以及与死神擦肩的部分。

“你看见马群了？”他问。

“是的。还有发光的海滩。你说得对，那里太迷人了。真是一次难得的人生体验。”没多拍点照片真是相当遗憾，“爸，你和妈妈在那里待了多久？”

他说一周左右，也许十天，我记不清了。“但有一件事我记得很清楚。

你等等。我给你发邮件过去。”

我切换手机模式。一小会儿工夫，父亲的邮件出现在收件夹里。我打开它，缓慢向下滑动，一张母亲的照片扫描件出现在手机屏幕。她站在海边，身穿黄色泳装，海洋作为背景衬托出她微微隆起的小腹。她双手捧满贝壳，笑得很开心。

“我前几周清理阁楼上的盒子时找到的。上周就打算寄给你。”父亲解释道。

“太棒了，爸。谢谢你。我不知道你们去威克斯的时候妈妈就已经怀上我和保罗了。”

“她那时候大概有四五个月的身孕，但是大家都觉得她随时可能分娩。她那么瘦小，而肚子里装着你们两个小家伙呢。”

“谢谢，”我重复道，“这照片对我来说太珍贵了。”

“很高兴你喜欢。你让我联想到太多你妈妈的样子，孩子。”

我喉咙哽咽。很多年没听到有人称呼她“妈妈”了。“保罗跟她长得像。”我说。

“没错，不过你知道你的乐观开朗是从哪儿来的吗？在这一点上你简直像极了她。”

我摇摇头，想到在最初十年的生活里，我和保罗是多么相像。直到母亲生病以后，他才变得冷漠淡然，而我则开始否认一切负面事实的存在。“我本来不是那样的，直到发生那么多事以后。”我说。

“不是的，孩子。一点也不对。你天生如此。保罗难受得翻动哭闹，而你则躺着轻声地咿呀细语。我们曾开玩笑说你在唱歌帮他平静下来。”

“所以我不是……”我不确定要怎么说，“我古怪又欢乐的性情并不全是因为母亲的癌症？”

“噢，当然不是。跟那个一点关系也没有。你难道不记得童年时候的事了吗？我想这也正常。我之前看的创伤心理师曾告诉我，你的记忆大多停留在母亲患癌的糟糕年份。但是——”父亲用纸巾擤了擤鼻子，继续道，“咱们家还发生过许多别的事，咱们也有过很多美好的时光。你和你母亲的乐观、积极的态度贯穿令人难过的整个化疗期，这是支撑我挺过难关的最大动力。假如她内心深处不相信一切都会没事，我是无法面对残酷现实的。”

“但是她死了。”我轻轻地说。

“是的，她死了。你知道有个说法：没人能一辈子活着。但她仍然是对的。”

“我不明白。”

“丽比，你和保罗都快乐地在这个世界生活过，爱过，也正因为你们身在其中而令世界比原先更加美好一点点。那正是你母亲所定义的美好。”

我呜咽着：“谢谢，爸。这是我需要听到的。”

“不用谢，丽比宝贝。我爱你。”

之后，我到洗手间的一个隔间里哭了一阵，然后用冷水冲了冲脸。一转身差点撞到一个小女孩，她最多只有九岁——一面走着一面在读一本破旧不堪的《大森林里的小屋》。她抬头看我，一脸不满。但是我仍然对她微笑了，因为母亲喜欢这本书。我不曾像她一样钟情于此书，但我从没告诉她，因为跟她坐在一起轮流大声诵读书中的内容已经让我很开心了。事实上，除了主角劳拉和她的家人，还有森林里偶尔出现的棕熊和黑豹，我几乎记不起来书中的其他内容了。

回到登机闸门时我突然意识到我其实还记得一点点，感到很开心，因为现在不会被遗忘，现在正在发生。“这难道不是很美妙吗？”母亲读完后对我说。她的手臂环绕着我，紧紧地。“这就是现在，丽比宝贝。现在是我们的。”

那是一个很平常的夜晚，只不过没有为后来多年的糟糕经历所冲刷。虽然彼时已经不是现在，但仍然是我们的。

登机区云集了很多乘客，推推挤挤着跟闸门工作人员说话，或是排队等候。我可没有兴致做抢着登机的人肉三明治。尤其是这架飞机，这预示着一段未知而艰难无疑的旅程。

但当我携行李箱朝闸门缓缓行进时，内心深处生出一种平静的解脱，我已经很久没有这种感觉了，在双重噩耗给我无尽的烦恼之前很久很久。与父亲的一番对话与其说让人顿悟，不如说是重新诠释了生活。生活是毁灭性的，只不过那是在有限的范围内；但生命也极为美好。尽管境况如此，可以肯定的一点是，我已经准备好了。

“纽约拉瓜迪亚机场，现在一号区域开始登机。”扬声器里的声音播送着。

我深吸一口气，登上飞机。

后记

我从夏洛那里学到的是，若想看清夜晚的天空，就不能太过聚焦于某一处，最明亮的星星却在直观视野之外。生活也是如此，胜利与困阻更迭交替。虽然直到离开威克斯几个月后我才充分地认识到，是在威克斯的那段时间使我得以从局外人的角度审视自己的境况。即便经受疾病和分居，但这难以置信的美好，仅仅因为它们的存在。

最终我的病情被认定为不符合临床实验，但我的新肿瘤医师卡普尔解释说，原因在于癌细胞虽然在腹部扩散，却没有扩散到其他部位，于是乎我的病例就这么幸运地被排除在外了。我开始接受一种在家中也能进行的混合化疗：服下去的药片能让我在卫生间待上好几个小时，我感觉我的胃要逃离我的身体；一种涂抹于体表的药霜让皮肤灼烧起水泡，简直让我在波多黎各的晒伤像温泉疗养。不过化疗药物是周期性使用的，所以在休养期间，也会有不会感到虚弱或恶心的平静的几周，我差点忘记了长寿与我之间的可能性是如此悬而不定。

保罗和查理慷慨地为我把他们豪宅的花园层改建为公寓住宅。他们如此款待，我还是觉得这座城市的冬天让人难以忍受。即使是去附近的熟食店或邮政所，都需要与恶劣的天气做斗争，更不用说路上熙熙攘攘的行人了。我喜欢在自己安全温暖的小角落里观察窗外的人来人往，无论是一天中的什么时间，他们都在第八十八大道上来去匆匆。

正如我渐渐适应了威克斯的生活一样，在春天的气息和挂着花蕾的树叶取代寒冬之际，我也开始适应纽约的生活，每一天都伴着舒适的节奏。没有预约医生时，我会读些报纸，然后到中央公园小踱，再回家吃午饭睡一觉。下午通常与托比和麦克斯一起度过。我们仨烤饼干或者读书，如果精神好，还会出去逛逛（但这需要双胞胎帮我导航街道和地铁，他们已然是这座城市的专家了）。每周会与夏洛通话几次，短则几分钟，长则几小时。偶尔会提到他来纽约看我的可能。但考虑到我的身体状况和他刚刚恢复飞行的喜悦，我犹豫不定，难以制订出详细的计划。

有时我感到孤独，但并不孤单。我经常会做些让自己保持平和的事——比方说，站在炉灶旁看着孩子们，同时搅拌一锅辣椒酱或翻动平底锅里的鸡肉——心中充满感恩。

有那么多需要感恩的。原先肿瘤像波洛克画风的颜料喷溅一样在我的腹中扩散，而现在却开始萎缩。保罗——虽然言不在多，但自从我搬来，他明显减少了工作量。为了庆祝，他专门请了一天假，带我和小家伙们去动物园。四月末的天气仍然料峭，我们往回走时，我低头缩着脖子，尽量减少直面大风的刺骨寒冷。就这样刚走到房门口，我就看到一双脚站在底层台阶上。真的是裸露的双脚！什么样的怪人在这种天气穿凉鞋？

“小可爱！”一个声音说，我意识到这是我所爱的男人的声音。

我惊讶地长声尖叫，然后疯了一样亲吻他。

“我知道这挺意外。”夏洛等我撕咬完后说。

“你不知道我看到你有多高兴，”我说，“别再离开我。”

“严格说来，是你离开——”他刚开始说，我没等他说完，就继续吻起来。

五个月后，我们在圣胡安海滩举行了婚礼。那是个温和的九月夜晚，加勒比海平静而湛蓝。米拉格罗斯从威克斯赶来参加婚礼仪式，我的家人和洁西、奥莱利也飞抵现场。汤姆未受邀请，但他发来祝贺，更好的是，他还寄来一打香槟。

夏洛身穿浅色亚麻西装和黄色衬衫，带着巨大的灿烂笑容。我则头戴兰花花环，头发变得稀疏了，但好歹不至于脱落，而且似乎变直顺了。

我不打算穿象牙色婚纱——开什么玩笑？而是让洁西帮我挑选了一件黄色礼裙。她宣称这简直是服装店的世纪大挑战，因为我们要选的裙子既要好看又要能够遮挡住我腹部的隆起。

是的，夏洛搬进我的花园公寓两个月以后，我的两项常规检测之一检测出腹部迅速增长的物质。好消息是，它们只会在特定的一段时期生长，然后脱离母体。原来我并不是没有生育能力，最终，夏洛给了我一对双胞胎女儿。

卡普尔医生和他的团队为怀孕一事备感焦虑。婴儿有可能被我体内残留的化疗药物伤害，而且我还得暂停化疗，直到生完孩子。幸运的是，前期化疗的效果很好，怀孕期间肿瘤活跃度没有明显变化。

夏洛和我希望最终能回到波多黎各，但治疗期间，他在新泽西的一家小型的区域机场找到了一份很好的工作。他的上下班交通时间和倒班时间都很长，而我在孕期到达后半阶段时，身体变得非常不灵活。我利用这段停工期建立了夏洛特·罗斯基金。第一位捐助人名叫莉莉·布罗德里克·奥施莱。她的母亲在基金成立之初的几个月里，非常亲切地给予我各种指导。

在一个异常温暖的二月天，也就是我离开威克斯一年多一点的时候，我将两个新生命带到这个世界：一个叫伊莎贝拉·米拉格罗斯，她皮肤白皙，满头小卷发；另一个是夏洛特·帕特里亚，皮肤是夏洛的焦糖色，如果不是这样，她简直和婴儿时候的小保罗一模一样。两个女孩都很健康，而且异乎寻常地安静，她们是我无限喜悦的源泉，无法用言语来表达我有多开心。

我又开始接受化疗，虽然还没有好好反击癌症，也许路途漫漫或者完全治愈只不过是一个痴梦，但我坚信，我能够活得足够长久直到女儿们长大成人，找到她们的出路。假如我错了，好吧——你可以告诉别人，因为我不想知道。

据说癌症会永远地改变一个人。也许吧。不过我更愿意这样想，癌症并没有在很大程度上改变我，而只是让我清晰地认识到了自己作为一个女人的身份，以及我在这个喧嚣世界中的所扮演的角色。接到癌症确诊的消息后，我发誓要做点有意义的事，而慈善基金无疑践行了我的誓言。

不过我也渐渐明白，怀念母亲的方式不需要惊天动地，而是可以渗透在我的日常选择中：即便意志薄弱，身体病弱，我也要对自己充满理解和同情，把自己毫无保留地分享给我所爱的人，即便有时会伤心。但只要还有机会，就要充分完整地过我的生活——像母亲那样。

作者笔记

癌症给我的很多至亲、朋友和同事们造成直接的打击。
因此，在这本书中，我没有草率地描写癌症，
并且为我的主人公丽比审慎地选定了一种罕见的病症。
虽然就皮下脂膜炎性 T 细胞淋巴癌我咨询了医学文献和医师，
但是丽比的经历仍然是小说虚构的故事，不应为任何参考目的所用。

鸣谢

万分感激我的代理，无畏的伊丽莎白·韦德，
感谢您对我的信任及对本书的支持。

感谢达尼尔·马歇尔和亚马逊团队的热情与支持。
与你们共事使我如沐清风。
本书的故事多亏蒂凡尼·叶芝·马丁机敏而风趣地编辑指导。

无尽感激香农·克拉翰一遍遍阅读《岛上的最后一天》的早期版本，
一路鼓励我前行。
还有莎拉·莱斯塔德朗、潘·沙利文、珍妮特·桑达尔和达西·斯威舍，
你们的支持对我来说意味着全世界。

丽莎里巴尔、玛西尼和贝根家族，
感谢你们与我分享你们的波多黎各。

JP·贝根、英迪拉·贝根和泽维尔·贝根，
是你们给了我写这本书的理由。

感谢我的好姐妹劳蕾尔·兰博尔特：我最最爱你——但请别难受，
因为如若没有你，我是不可能写成这本书的。

图书在版编目（C I P）数据

岛上的最后一天 /（美）卡米尔·佩简著；李旻译. —
成都：四川文艺出版社，2017.2（2017.7 重印）
ISBN 978-7-5411-4575-9

Ⅰ.①岛… Ⅱ.①卡… ②李… Ⅲ.①长篇小说－美国－
当代 Ⅳ.①I712.45

中国版本图书馆 CIP 数据核字（2017）第 026362 号

版权登记号 21—2017—78

DAOSHANG DE ZUIHOU YITIAN

岛上的最后一天

[美] 卡米尔·佩简 著　李旻 译

策划出品　**磨铁图书**
责任编辑　**奉学勤**

出版发行　**四川文艺出版社**
社　　址　**成都市槐树街 2 号**
网　　址　www.scwys.com
电　　话　028-86259287（发行部）　028-86259303
传　　真　028-86259306
读者服务　028-86259303
邮购地址　**成都市槐树街 2 号四川文艺出版社邮购部**　610031
印　　刷　**三河市文通印刷包装有限公司**
成品尺寸　145mm×210mm　1/32
印　　张　8　　字　　数　180 千
版　　次　2017 年 4 月第一版　　印　　次　2017 年 7 月第二次印刷
书　　号　ISBN 978-7-5411-4575-9
定　　价　36.80 元